KB055876

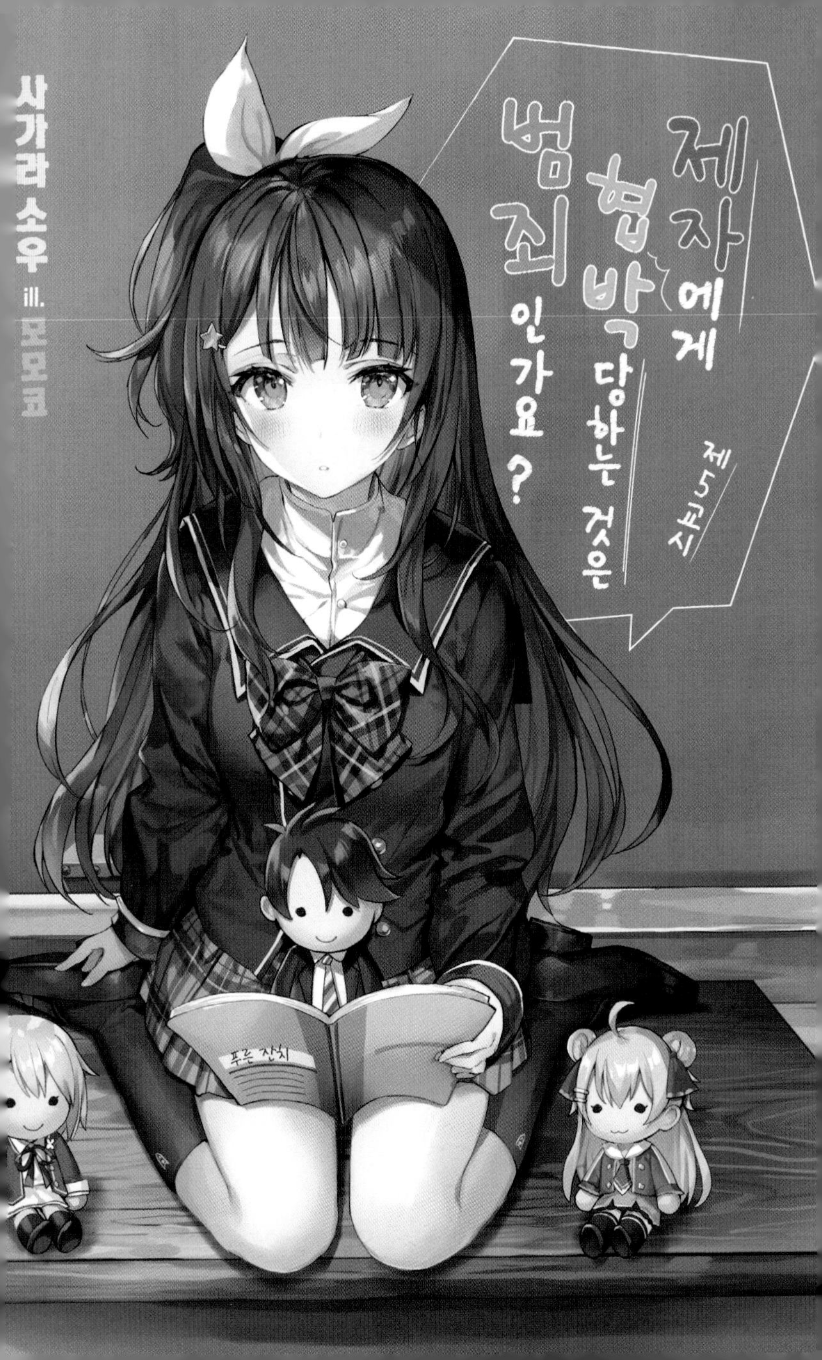
사가라 소우 ill. 모모코
제자에게 협박당하는 것은 범죄인가요?
제5교시
푸른 잔치

오늘은 다 같이 목욕탕에 왔다.
히라리는
곧바로 우유부터 먹었다. 대단해!
모모카는 정리가 특기다.
스미레랑 카에데는
몸무게를 비교했다.
린도 빨리 자랐으면.

탈의실

우우, 어쩌나 엄청난 꿈을 꾼거 같다구.

KEYWORDS
★작가편

★용어집

★취재

사적인 여행을 의미하는 작가용어. 여행의 자극에 따라서는 실제로 훌륭한 소재의 영감이 떠오르는 경우도 많다.
집에 돌아와 그 소재가 쓰레기임을 깨닫는 경우는 더 많다.

★교료

거듭되는 수정을 반영한 원고에 편집자가 최종 체크를 마치는 일. 인쇄소에 이 데이터를 보내 제본을 한다. 이 이후의 수정은 일어나서는 안 되는 '사고'가 된다.
아울러 머피의 법칙에 따르면 일어날 가능성이 있는 일은 반드시 일어난다.

★편집자

잘 나가는 작가에게는 절친처럼 여겨지는 존재. 하지만 상대는 그렇게 생각하지 않는다.
잘 나가지 않는 작가에게는 원수처럼 여겨지는 존재. 하지만 상대는 이미 기억도 못한다.

★편업 일러스트

주로 2페이지에서 7페이지까지 둘어가는 컬러 일러스트를 말한다.
본편 내용과는 완전히 무관할 경우가 있다.

★3년 후

"야, 알지?"를 품위 있게, 또한 은유적으로 바꿔 말한 업계용어.

★공저

필자는 실제로 하코네에 통조림을 당한 채 공저를 했던 경험이 있다. 참 재미있었다.

제자에게 협박당하는 것은
범죄인가요?

제5교시

사가라 소우 지음 / 모모코 일러스트 / 김민재 옮김

목차

is it a
crime?
intimidated
by my student!5

[표지·본문 일러스트] 모모코

사람은 언젠가 반드시 죽는다.

교만한 자도 오래지 않아, 그저 봄날 밤의 꿈과도 같이 덧없이.

강한 자도 언젠가는 멸망하나니, 그저 바람 앞의 티끌과도 같다.

——라고 수백 년 전의 명문을 끄집어낼 필요도 없이.

전장에서 와아와아 검을 휘둘러대던 시대로부터, 아니, 동굴에서 우호우호 석기를 휘두르던 시대로부터 이제까지 죽음의 섭리를 벗어난 이는 없었다.

생애 무패의 검호가 됐든, 온 천하의 황제가 됐든 단 한 명의 예외도 없이.

누구나 죽기 때문에, 우리는 생명을 다음 세대로 이어나 갈 수 있었던 것이다.

오래된 생명의 시체 위에 새로운 생명이 움튼다.

그것은 삶을 얻어 살아가는 자의 숙명이자 진화의 필연.

죽음을 잊지 말지어다.

그러나 죽음을 두려워하지는 말지어다.

죽음은 삶으로 바뀌는 법.

죽음은 곧 행복, 행복, 행복일진저——.

——따위의 주제가 담긴 논설을 국어과 수업에서 읽게 한 적이 있는데.

　　논리와 감정은 모순된다.

　　누구나 죽는다는 것을 머리로는 알아도, **자신**이 죽는다는 것은 인정할 수 없는 법이다. 당연히.

　　어쩌면 타고난 로리콘 아저씨는 이윽고 태어날 로리를 위해 죽을 수 있을지도 모르지만, 어지간한 인간은 그렇지 않다. 나도 로리콘의 마음은 모른다. 로리콘이 아니니까. 어쩌다보니 아이들과 육체적 접촉을 이룰 기회가 많았을 뿐이다.

　　누구나 눈앞의 죽음은 회피하고 싶다. 로리콘 이외에 닥치고 죽을 놈은 없다.

　　극한상태에서는 궁극적인 수단을 취해야만 할 때가 있다. 자신의 생명을 지키기 위해, 타인의 권리를 긴급피난처럼 침해하는 경우가 있다.

　　그것이 갈 데까지 가면—— 무구한 중학생이 무고한 사람을 해치고 마는 일도 있을 것이다.

　　물의 온기를 느끼며 멀거니, 그런 생각을 했다.

　　그것은 어쩌면 현실도피였을지도 모른다.

　　"꺄아아아아아아아아악——!"

　　귀를 찢는 듯한 비명이 주위에 울려 퍼졌다.

　　수증기가 천천히 걷히자, 온천 한가운데에, 하얗고 커더란 덩어리가 둥실둥실 떠 있는 것이 보였다.

마치 수면에 떨어진 아이스크림 같기도, 물장구를 치는 시베리안 허스키 같기도 한 그것은—— 가엾게도.

이제는 움직이지 않는, 젊은 여성의 주검이었던 것이다.

"심각하군……."

중얼거린 순간 따뜻한 물이 사방에서 튀어 오르며 나의 시야를 적셨다. 왼쪽과 오른쪽과 뒤에서, 몇 명이 일제히 일어났던 것이다.

그녀들은 서로를 노려보며, 입술을 깨물고, 손가락을 내밀었다.

당장이라도 파열할 듯한 긴장감이, 한적한 온천의 경치 속에 가득 찼다.

"……이건 불행한 사고가 아니에요! 여기에 범인이 있어요!"

츠츠카쿠시 세이카는 연기하듯이 목소리를 가다듬었다.

이상하네.

왜 살인이라고 단정해?

"아, 아니야, 난 아무것도 몰라, 그런 사람 모른다고……."

우즈라노 토에는 의심스러울 정도로 얼굴이 새파랗게 질렸다.

이상하네.

왜 그렇게 조바심을 내면서 변명해?

"에잇! 이런 데 있을 수는 없어—— 야야는 돌아가겠어——."

야야야 야야는 섬뜩할 정도로 담담하게 중얼거렸다.

이상하네.

왜 이런 상황에서 집단행동을 하지 않아?

자, 누가 울새를 죽였을까?

다 같이 진범을 예상해보자.

멋지게 정답을 맞힌 시청자에게는 추첨을 통해 오리지널 특제 책가방을 선사하지.

제자 서스펜스 극장, 온천 서정편! ~세 명의 여중생에게 손을 댔던 사회인이 맞이할 막장 애증극 끝의 복수 살인, 강사에게 돌아갈 법적 책임이란~

기대하시라!

....

....

뭔데 이거.

📖

이 이야기는 시시한 학원 강사가 제자와 진지하게 마주해나가는 이야기였을 텐데.

지옥의 온천 버팅이라든가 삼각관계라든가 치정 살인이

라든가 하는 단어와는 결코 무관. 재미있고 우스운 초중학생 업계담에 러브코미디 한 큰술 듬뿍, 부드러운 독을 약간. 그런 일부 청소년의 꿈과 희망으로 가득 찬 에피소드를, 모두가 기대했을 것이 틀림없다.

무엇 때문에 이런 슬픈 사건이 일어나고 말았는가.

나는 진실만을 말할 생각이다.

엿보는 감각으로 즐겨주면 고맙겠다.

1장 겐지 이야기 🐚

온천 하면 『하코네』다.

적어도 도쿄 사람들에게는 그렇다.

에도 시대에 토카이도(東海道. 도쿄에서 교토까지 약 500km에 걸쳐 이어진 길. 예로부터 일본의 동서를 오가는 주요 가도였으며, 현재는 고속도로, 고속철도 등이 지난다.)의 역참으로 번성했던 하코네야마 산 일대는 오늘날 오다큐 선 덕분에 당일치기로 아주 편하게 다녀올 수 있는 온천 도시가 되었다. 도심에서 로망스 카(오다큐 로망스 카. 일본의 사철 오다큐 전철에서 운행하는 지정 좌석제 특급열차.)로 겨우 80분. 낮에 출발해도 그날 안으로 느긋하게 돌아올 수 있다.

하지만 시간 단축이 반드시 좋기만 한 것은 아니다.

사람은 비일상의 체험에 대가를 지불한다. 자신의 현실에 지나치게 가까운 온천 도시는 특별한 매력을 잃고 만다.

비유하자면, 세상 풍파에 찌든 동년배보다도 무구한 어린 여자아이에게 끌리는 것과 마찬가지다. 누구나 일상에 비일상을 추구하고 싶어한다. 여행을 떠나, 나이 차이가 나는 이성에게 빠지는 것은 당연한 일. 그렇다면 중학생과의 러브 로맨스를 쓰는 것도 읽는 것도 어쩔 수 없겠지. 정말 어쩔 수 없다. 사회가 우릴 허락해주고 있구나.

그러나 온천 도시의 경영은 중학생이 기분 좋게……가 아니라, 투숙객이 기분 좋게 돈을 써줘야만 가능하다. 당일치기 온천을 목적으로 오는 손님뿐이면 망한다.

하코네 온천은 숙박 체험에 대한 인센티브를 찾고 있다.

"——그래서 여길 무대로 한 애니를 만들고 싶대. 온천 조합도 투자자로 나섰다던데."

"그렇구나."

야야는 멀거니 맞장구를 쳤다.

이해한 것 같기도 하고 아닌 것 같기도 한, 요컨대 평소의 무감정 텐션이다. 흐리멍덩한 얼굴로 다리의 난간에 매달려 온천 만주를 천천히 뜯고 있다.

하코네 등산 철도의 하코네 유모토 역에서 버스길을 건너, 좁은 골목을 빠져나간 곳.

'아지사이바시'라는 이름의 새빨간 다리 밑으로, 봄에는 아직 차가운 하천이 흐른다. 이따금 피어나는 하얀 연기를 받아 다리 위에 선 야야의 금색 가발이 천천히 물결친다. 손님을 기다리는 우락부락한 인력거꾼이 그 모습을 보고 슬쩍 눈을 가늘게 뜬다.

하코네야마 산기슭에서, 아까 막 구입한 온천 만주를 느긋하게 뜯어먹는 금발 소녀.

국적불명의 신이 몰래 일본을 산책하는 모습을 화폭에 담은 듯한, 비현실적이고도 서정적인 풍경이었다.

"뭐 봐?"

그 그림 속의 주인이 의아하다는 듯 눈썹을 들었다.

나는 고개를 가로젓고, 먹다 만 만주를 가리켰다.

"그거 맛있냐? 더 먹을래?"

"보통. 됐어."

"그러냐…….."

당분 섭취만을 목적으로 한, 의무적인 식사 행위다. 보기에는 신이지만 이러고 있으면 기계에 가깝다.

이 녀석의 취향도 전혀 모르지만, 중학생이란 건 좀 더 식사에 즐거움을 느껴도 되는 시기가 아닐까.

야야는 나를 빤히 바라보았다.

"응."

가볍게 몸을 돌려, 뜯어낸 온천 만주 조각을 내민다.

마치 "아~" 같은 포즈지만 무서울 정도로 무표정을 유지하는 것을 보면 그런 새콤달콤한 의도는 전혀 없다고 단언할 수 있다.

"……뭔데?"

"이건 둘이서 산 것. 야야는 야야 몫만 먹을 거야. 그러니까 텐군은 텐군 몫을 먹어. 야야만 먹는 건 불공평해."

"네, 네."

그러고 보니 흐리멍덩하고 기계적으로 멍한 얼굴을 해도 이런 데에는 고집이 있는 녀석이었다. 야야라는 작가 선생은.

"어쩐지 굉장히 실례되는 평가를 받은 기분이 들어."

"쓸데없는 데에서 예민해지지 않아도 된다."

아무튼 만주를 받는 건 보류하고, 같은 난간에 매달려 시간을 확인했다.

"오후 1시라……."

하늘을 올려다보면 솔개가 유유자적하게 원을 그리고 있다.

나는 긴 숨을 내쉬고, 머리 위에 든 스마트폰으로 그 궤도를 가렸다.

하코네 유모토 역에 내린 지 벌써 1시간이 지나려 했다.

"오늘은 좋은 날씨."

곁의 야야가 흉내 내듯 짧게 숨을 내쉬었다.

3월치고는 부드러운, 기분 좋은 바람이 다리 위에 불었다.

"그리고 좋은 봄방학. 텐군도 연휴라고 들었어."

"뭐, 그렇지…… 공휴일에 유급휴가를 붙인 것뿐이지만."

"편집자 기다릴 시간은 얼마든지 있어. 근데 텐군은, 만주도 안 먹고 왜 그렇게 안절부절못해?"

또 쓸데없는 데에 예민한 소릴 한다.

나는 난간을 따라 한 걸음 옆으로 비켜났다.

"너랑 내가 같은 업계 사람으로 보이겠냐?"

"안 보여. 옷이 달라."

"너랑 내가 부모자식처럼 보이겠냐?"

"안 보여. 나이가 달라."

"너랑 내가 남매로 보이겠냐?"

"안 보여. 얼굴이 달라."

"그렇지? 그런 거야."

나는 절절히 말했다.

"무슨 뜻인지 모르겠어."

"애들은 몰라도 되는 일이야."

"……혹시, 야야 우습게 보는 거야?"

될 수 있는 대로 야야에게서 거리를 벌리려 할수록 야야는 불쑥불쑥 따라왔다. 얼굴이 부루퉁해진 것 같기도 하다.

"아니라고. 나랑 네가 온천지에 단둘이 있으면, 뭐라고 해야 하나…… 나쁜 선생이 제자를 속여서 불법적인 여행을 하고 있는 것 같잖아."

"야야는 속지 않았으니까 합법."

"주위에 오해를 사고 싶지 않다고, 나는."

"주위의 평판, 체면. 그런 게, 중요해?"

야야는 고개를 갸웃했다.

봄방학에도 꼬박꼬박 교복을 입는 타입의 중학생이 자신의 블레이저를 차닥차닥 만진다. 나이 차이가 나는 나를 가만히 올려다보며, 만듦새가 전혀 다른 내 **뺨**에 자신의 손가락을 가져다 댄다.

차갑지도 따뜻하지도 않은, 평범한 체온이다.

아직 아이인, 아이일 뿐인, 지극히 평범한 체온.

이 녀석은 사회의 비호를 받아야 하는 존재다. 어른이 제대로 지켜줘야 하는 나이다.

나도 될 수 있는 한 멀찍이, 안전한 곳에서 지켜보고 싶고 말이지?

그런 마음을 담아 스웨이백으로 슬쩍 얼굴을 치웠다.

"아……."

목표를 잃은 야야의 검지가 허공에서 외톨이가 되었다. 방치된 야생토끼 같은 모습이다.

쓸쓸하게 고개를 숙이듯 구부러졌던 손가락이,

"그럼── 텐군이 야야를 임신시키는 건?"

아이디어가 번뜩한 것처럼 하늘을 향해 똑바로 일어났다.

임신, 어, 뭐?

……왜?

"귀가 이상해졌나. 미안한데, 무슨 말인지 모르겠어."

"임신. 착상. 수정. 아이를 배 속에 가지는 일."

"단어를 모른다는 게 아니고. 전후 관계를 모르겠다고."

"음음, 경험하지 않은 일에 대한 묘사는 어려워……."

야야는 눈을 깜빡이더니 직업작가 같은 태도로 신중하게 단어를 골랐다.

"하반신을 주체로 하는 성적 마찰 행위에 따라 아기의

씨를 암컷의 태내에 사출함으로써 텐군이 야야를 엄마로 만든다?"

"미안 내가 잘못했다. 알아먹게 말해야 했는데. 전후 관계를 모르겠다는 건 방법의 전후가 아니고, 너의 그 fxcking 맛이 간 사고회로 쪽이야."

"텐군은 무례해. 기껏 야야가 친절하게 설명해줬는데."

"그 마음은 영원히 봉인해다오. 교복 스커트 들추지 말아 줄래?"

나는 야야의 두 팔을 잡아당겨 만세를 시켰다. 애석하게도 아이를 만드는 프로세스는 알고 있다. 이런 곳에서 실전 강습을 해주지 않아도 된다고.

"빌어먹을 친절 대신 수치심을 가져줘."

"비논리적인 소리를 해……."

야야는 흐느적흐느적 두 팔을 흔들며 나에게서 도망치려 했다. 운동을 못 하는 타입의 움직임이구나, 이거.

"논리 이전에 윤리 문제라고. 아니지, 윤리의 의미도 모르려나."

나는 손을 놓고 다시 스마트폰을 확인했다. 벌써 몇 번째인지 모를 작업. 연락은 아직 없다.

야야는 또 부루퉁해진 것처럼 입을 다물었다.

"……텐군은 야야와의 관계성이 문제라고 지적했어. 그렇게 불안한 건 둘이 함께 있는 이유를 주위에 설명하기 힘들기 때문이라고."

"응, 그렇지."

"야야는 아직 결혼할 수 없는 나이지만."

"아?"

"아이가 생기면, 두 사람의 관계성은 정정당당하다고 주장할 수 있어. 이로써 해결."

"해결은 개뿔. 사회에 가장 당당할 수 없는 카테고리의 주장이잖아."

"어떤 주장에나 반박이 따르는 법. 작가의 길도 마찬가지. 자신에게 확고한 신념이 있으면 어떤 비판 비난에도 맞설 수 있어."

"야야 선생님의 작가론은 훌륭하지만 중학생을 임신시키는 데 대해 저는 아무런 신념도 가지고 있지 않거든요."

"신념 없이 가벼운 기분으로 아이를 만들어? 좋지 않은 일이야. 텐군은 좀 더 윤리관을 소중히 해."

"너한테서 제일 듣고 싶지 않은 대사거든?!"

나는 하늘을 우러러보았다.

전부터 이미 알고 있던 일이지만, 야야는 위험하다. 세이카의 멍청한 언어나 토에의 다우너 모드와는 또 다른, 근본적으로 사고체계가 어긋난 공포다. 이것이 세대 차라는 걸까? 나이 먹기 싫다 정말……

"지금 텐군이 선택할 수 있는 건 둘 중 하나. 취재 활동으로 야야랑 만주를 먹든지, 관계구축으로서 야야와 아기를 만들든지."

"쓰레기 같은 양자택일이네……."

"아이를 인정하겠다고 했어?"

나는 고개를 갸웃하는 야야의 손에서 만주를 낚아채 한입에 털어넣었다.

"음."

야야는 흐리멍덩하게, 만족스러운 듯 고개를 끄덕였다. 자신도 만주를 야금거린다.

붉은 다리 위에서 금발이 바람에 나부껴, 다시금 하코네 온천의 서정적인 풍경화가 형성되었다.

멀리서 근육질의 인력거꾼이 다시 눈을 가늘게 떴다.

"…………."

어라, 자세히 보니 흐뭇하게 지켜보는 게 아닌데?

임신? 인정? 같은 단어만 주워듣고 가늘게 뜬 눈으로 나의 일거수일투족을 감시하면서 언제든 경찰에 신고할 수 있도록 마초맨이 스탠바이하고 있을 뿐이다. 하코네의 풍기는 주민 모두가 지키고 있구나.

부탁이니 빨리 좀 와라, 초대 담당자!

그날.

긴자의 철판구이 가게에서 야야와 초대 담당자(현 아리타 문고 편집자)를 엮어주었을 때, 우리는 경쟁 기획 제안을 받았다.

하코네 온천을 무대로 한 오리지널 애니메이션 기획의 원안 및 소설 집필이다.

제시된 컨셉에 따라, 전체의 세계관을 설정하고 적합한 캐릭터를 만들고 이야기의 시작과 끝을 정한다. 먼저 라이트노벨과 만화를 간행하고 모바일 게임, 음악, 굿즈, 오프라인 이벤트 등을 풍성하게 제공한 다음 최종적으로는 애니메이션으로 잇는다고 한다.

"관공서가 얽힌 기획이니까 이것저것 제약은 있어. 그래도 잘만 되면 크게 터질 이야기니까 꼭 둘이서 생각을 해봤으면 좋겠는데."

초대 담당자는 스테이크를 우물거리며 활달하게 웃었다.

납기는 언제고, 분량은 얼마고, 결과는 어떻고, 보수는 그렇고. 그 후에는 이렇게, 스케줄은 요렇게. 노리는 포인트는 그렇고 이상적인 건 이렇고.

열기를 띤 어조였다. 우리가 한 팀이었던 데뷔 당시부터 전혀 변하지 않은, 터질 듯한 꿈과 정열을 머금은 목소리.

"잠깐 기다려봐. 그러려고 온 게 아니야."

나는 자리에서 일어날 타이밍을 놓쳐, 눈앞에 쌓이기만 하는 고기를 노려보았다.

"느닷없이 이런 얘기를 하면 어쩌라고…… 게다가 애초에 왜 나야?"

"잘 맞는다고 생각했으니까. 텐데 선생은 캐릭터가 특기고, 야야야 선생님은 설정을 잘 만들지. 시너지 효과가 있어. 그리고── 둘 다 원래의 실력을 적절히 평가받지 못했고."

초대 담당자는 당연하다는 듯이 말했다.

『원래의 실력을 적절히 평가받지 못했다』.

5년 전이였다면 그런 달콤한 말에 기분이 좋아졌을지도 모르지. 이제는 불쾌하기까지 했다.

"진짜 속셈은 뭔데?"

나는 더더욱 자신의 접시를 노려보았다. 먹을 타이밍을 놓친, 질기고 식어버린 고기다. 이런 걸 먹을 인간은 아무도 없을 것이다.

"……경계하는 것도 어쩔 수 없지만, 텐데 선생하고는 다시 한번 일을 하고 싶었어. 이건 진짜로 진짜야."

초대 담당자는 슬쩍 쓴웃음을 지었다.

"만화화를 경험해본 텐군…… 텐데군…… 텐데 선생군? 은 둘째 치고."

긴박한 공기에도 아랑곳하지 않고 야야는 열심히 스테이크를 조그맣게 잘라서 먹고 있었다.

"야야한테는 실적이 전혀 없는데."

"그 점에 대해서는 걱정하지 마세요. 경쟁 기획이라 가능한 비책이 있으니까."

"비책……? 잘 모르겠어."

아직 날것에 가까운, 새로운 고기를 우물거리며 나를 흘끔 본다.

"게다가 이 업계에는 『3년 룰』이라는 게 있다고 들었어."

내가 얼마 전에 가르쳐준, 업계의 불문율이다.

수상 출신자는 3년 동안 다른 출판사에서 일을 해선 안 된다.

"수상 전부터 얘기가 됐던 편집자하고 의논하는 건 둘째 치고, 실제로 일을 하면 안 되는 거 아닐까. 상을 준 MF 문고J하고 싸우고 싶은 건 아니야."

그 순간 초대 담당자의 얼굴을, 나는 결코 잊지 못할 것이다.

"3년 룰! 3년 룰이라고?!"

크게 입을 벌리며 웃더니, 우습다는 듯 어깨를 들썩이며 눈에 철판의 색을 반사했다.

그 감정은 누구의 눈으로 봐도 명백했다.

초대 담당자는——

"멍청한 소리 좀 그만해."

격노하고 있었다.

📖

그날 초대 담당자에게 이런저런 말을 듣고, 돌아간 후에도 전화로 이것저것 설득을 당하고, 날을 다시 잡아 시작된 작품회의에서도 이러쿵저러쿵 공세를 받아, 이야기를 받아들일지 말지는 둘째 치고 현지 취재 정도는 같이 가줄까…… 하는 기분에 끌려 들어가고 말았던 것이다.

생각해보면, 이 남자는 원래부터 이렇게 주장이 강했다.

자신의 작가 인생을 생각해 팔리는 글을 쓰겠다고 각오했던 나와, 한 인간으로서 대판 싸웠을 정도였다.

싸우고 헤어졌을 때는 화해가 불가능하다고 생각했으나
——

그 녀석은 지금도, 전혀 달라지지 않았는지도 모른다.

좋은 의미에서도 나쁜 의미에서도.

그리고 셋이 하코네 유모토 역에서 만나기로 한 오늘.

"말 꺼낸 당사자가 이렇게 늦냐고……."

초대 담당자는 담당 작품의 교료와 오늘 일정이 제대로 겹쳐버렸다고 했다.

편집자를 책망할 마음은 없다. 그들은 이 나라에서 로리콘 수감자 다음으로 바쁘다. 일이 갑자기 들어오는 일도 허다하고, 이번에도 담당 작가가 스케줄대로 일했으면 문제는 없었을 것이다. 다 같이 지키자 마감과 초등학생!

"아."

야야가 스마트폰을 보았다.

우리에게 동시에 메시지가 들어왔다. 초대 담당자다.

"어디어디, 언제 온대?"

"……『오늘 아바시리까지 일러스트를 가지러 가게 됐습니다』, 라는데."

"아?"

지금? 홋카이도 끄트머리까지? 편집자가?

"『일러스트레이터한테 밤새 달라붙어 있어야 해서 내일 아침 첫차로 돌아가게 될 것 같습니다. 정말 죄송합니다』."

"실화냐……."

아바시리 형무소에 송치된 죄수의 일정도 이보다는 느슨하게 짜줄 것이다. 곳곳에서 노동 개혁을 부르짖는 작금, 이렇게까지 블랙한 직종이 있어도 될까? 마치 현대의 노예 산업이 아닌가. ……아, 좋은 의미에서 말이다.

편집자는 그 왜, 고소득이고 말이지. 무언가를 창조하는 일이고. 되고 싶다고 되는 게 아니고. 천하의 덴츠(일본의 광고회사. 광고업계에서는 일본 1위, 세계 5위의 대기업.)를 걷어차고 이 길을 선택한 사람이 있을 정도로 경쟁률도 높다. 고대 로마의 노예 중에서도 초 유능한 고도전문직이 있었다고 하니까.

"경비는 댈 테니까 자기 빼고 취재해달래."

나를 흘끔 올려다보는 야야.

"참고로 야야는 하코네 오는 거 처음."

"그러냐."

"덤으로 야야는 오늘 일을 생각하면서 어젯밤엔 잠을 못 잤어."

"그러냐……."

어쩐지 온천 만주를 사고 싶다느니 맑은 물을 보고 싶다느니 지리멸렬하더라.

흐리멍덩한 눈 속에서 무언가 호소하는 듯한 빛이 반짝였다. 무슨 말을 하려는지는 말하지 않아도 알 수 있었다.

"뭐…… 기왕 왔으니까, 온천에 몸 좀 담그고 싶다는 생각은 있다."

"텐군, 웬일로 이해심이 있어."

"웬일로는 빼."

나는 어깨를 으쓱했다.

최근에는 너무 일만 했다. 오늘 일이 아니더라도 천천히 쉬고 싶기는 했다.

"뭐 좀 먹고, 근처에서 당일치기 온천이라도 찾아볼까."

"당일치기 온천? 왜?"

"왜는……. 온천이 목적이었잖아?"

"그렇긴 하지만. 여관에서 안 자?"

"하하하, 그럴 리가 있겠냐."

"뭐?"

"뭐?"

야야가 제정신을 의심하는 듯한 눈으로 나를 보고 있었다. 아니, 오히려 네가 제정신이냐? 왜 자고 갈 거라고 생각했는데?

야야는 어째서인지 짧게 숨을 내쉬고, 나는 길게 한숨을 쉬었다.

"텐군하고는 견해의 차이가 있나 봐. 대등하게 논의해 결론을 내자."

"좋아. 내 결론은 120퍼센트 움직이지 않겠지만."

그렇게 해, 우리는 다리 한가운데에서 결투자처럼 대치했다. 이 싸움에서는 결코 질 수 없다. 사회인으로서의 내 신념이 걸렸으니까!

"텐군. 이지적으로 생각해줘."

"나는 늘 이지적이거든? 네가 좀 냉정해져 봐."

"야야는 아주 냉정해. 이 애니 기획의 주지는 숙박 체험의 인센티브를 발굴하는 거야. 그렇게 말한 건 텐군. 아니야?"

"……그건 그렇다만."

"숙박이 왜 좋은지를 알리려는 사람이, 자보지도 않고 뭘 어떻게 취재해. 당일치기로 때우는 건 본말전도."

"아니아니아니…… 아니, 그건 그, 안 되지."

"뭐가? 일인데? 사회인으로서의 신념 어디 갔어?"

정론 무서. 갈팡질팡하는 날 야야가 흐리멍덩한 얼굴로 몰아붙인다. 이거 말발에서 그냥 밀리고 있는데요?

"그렇지만 너, 그걸 나하고 할 필요는 없잖아. 다른 날 다른 사람하고……."

"왜? 일단은 콤비로 기획을 짜라고 했는걸."

"나하고 넌, 콤비이기 전에 사회인과 여중생이고."

"야야는—— 여중생이기 전에 작가. 텐군과 같은 입장."

대해와도 같던 눈이 한순간 고무공처럼 크게 일그러졌다. 먼지라도 들어간 것처럼, 그것을 손등으로 북북 문지른다.

"야야는, 야야도…… 프로야."

지뢰를 밟았다는 것을 새삼스레 인식했다.

누구에게나 양보할 수 없는 선이라는 것이 있다. 내가 결코 로리콘이 아닌 것과 마찬가지로, 야야 또한 작가라는 데에 집착을 가지고 있다.

특히 데뷔작에 대해 『매장사』나 『사장』에게 호된 말을 들은 후로, 야야는 프로로 대해주지 않는 것에 매우 민감해졌다.

"……미안해. 내가 경솔했다."

"? 텐군은 아무 잘못도 없어."

야야는 고개를 갸웃했다.

"텐군의 의견은 하나의 의견. 텐군에게는 그걸 자유롭게 말할 권리가 있어. 야야는 전혀 신경 쓰지 않아. 야야한테는 감정이 없으니까."

"그래……."

만주 종이봉투로 얼굴을 가리며 말해봤자 설득력은 없지만, 뭐 어때. 진짜 로리콘에게는 로리콘이란 자각이 없는 것과 마찬가지다.

"……네가 작가인 건 잘 알아."

나는 뺨을 긁적거리고는, 종이봉투 아래쪽에 늘어진 야야의 긴 머리카락을 바라보았다.

그녀는 요즘 원래의 갈색에 가까운 숏컷을 누구에게도 보이지 않으려 한다. 물론 나에게도.

이유를 물어보지는 않았지만, 언제 어디에서도 작가로 있고자 하는 결과가 아닐까 생각한다.

야야가 금발 가발을 벗은 것은 매장사에게 데뷔작을 흠씬 두들겨 맞고 내 앞에서 눈물에 흠씬 젖었을 때가 마지막이었다.

그 후로 그녀는 계속 금발로 있었다.

마치 세계와 싸우기 위한 무장인 것처럼.

"위로는 필요 없어. 이건 야야의 문제. 야야는 동정이 필요하지 않아."

패앵, 코 푸는 소리가 들린 후, 여느 때의 흐리멍덩한 얼굴이 나타났다. 역시라고나 해야 할까, 눈물은 어디에도 보이지 않는다.

"하지만 야야는 공평해. 매우 논리적인 판단력이 있어. 이번 건에서는 야야 쪽에도 잘못이 있었단 것을 인정하지 않을 수 없겠어."

"잘못이라면?"

"일할 때는 정장을 입고 와야 한다는 생각에, 교복을 선택해버렸어. 이래서는 중학생이라는 라벨링이 강해지니까. 텐군이 몸을 사리는 것도 일리가 있어."

수상 파티 때에도 입었던 그 차림을, 감정을 읽기 힘든 눈이 내려다본다.

"야야는 아이로 있기보다는 작가로 있는 쪽을 택했어."

결의의 말이 떨어진 다음 순간,

"아이의 교복은 지금 당장 벗을래."

한 번 말하면 실행한다는 듯, 스륵스륵 타이가 풀리고 위에서 아래에서 옷이 벗겨져 나가고, 아니 잠깐 잠깐 잠깐?!

"알았다 알았어. 마음은 충분히 이해했으니까!"

"마음의 문제가 아니야. 사회적인 외견의 문제."

"문제시되는 건 나라고! 때와 장소와 사회적 명예를 생각해!"

벗겨지려던 가슴께를 원래대로 돌리고 들어 올려진 야야의 스커트를 내리면서 나는 한동안 야야의 전속 코디네이터가 되었다. 이 자식은 진짜, 틈만 나면 벗으려 드는데 뭐야 진짜?

수치심이라는 개념이 존재하지 않는 지루한 세계 사람?

"텐군 비켜. 태어난 그대로의 야야를 봐줘. 야야를 어른으로 만들어줘."

"예쁜 말, 예쁜 말!"

야야는 운동이 서툰 것을 알 수 있는 움직임으로 여전히 어기적어기적 몸을 틀었다. 이 녀석의 스커트는 내가 받쳐주지 않으면 허리에서 바이바이 하고, 이 녀석의 가슴께는 내가 잡아주지 않으면 속옷이 안녕하세요 하고, 중학생답지 않은 탱글탱글한 탄력이 여기저기 드러나 버리는데 왜 내 팔은 두 개뿐일까? 옷을 붙잡지 못하면 이 녀석을 지킬 수 없고 옷을 붙잡은 채로는 이 녀석을 쥐어박을 수 없다.

그런데.

일반적으로, 옷매무새가 흐트러진 여중생과 그런 녀석을 억지로 붙잡고 있는 남자가 있을 경우, 길을 가는 사람들은 어떻게 판단할까나?

답은 명확하다.

"……………."

계에속 우리를 감시하던 인력거 마초가 티벳 여우처럼 눈을 가늘게 가늘게 떴다. 합피에서 꺼낸 것은 긴급신고용 스마트폰이다.

부탁이니 제발 누가 좀 와줘! 아무나 좋으니까 내 무죄를 증명해줘!

"여보세요 폴리스맨? 당장 와줘요 허뤼업?"

선량한 도시의 파수꾼이 드디어 공복 소환의 주문을 영창했을 때.

"네네~! 불려서 날아왔다 세이카! 제가 폴리스걸이랍니다!"

여기에 있을 리 없는 악마의 목소리를 듣고 말았다.

부탁이니 너만은 그냥 가다오.

"안녕하세요 안녕하세요 반가워요, 처음 뵙겠습니다 하코네 온천, 잘 오셨어요 환영해요 저 세이카가 왔으니까 이제는 안심하세요, 세계의 평화를 지키는 데에는 폴리스도 깜짝 놀랄 대활약, 사실 저는 이런 사람인데요, 발언력 짱짱한 미소녀 작가로서 활약하면서 곳곳에서 인기폭발 메가히트, 일찌감치 노벨 라이트노벨상이 확실시되어 부르는 곳도 많은, 아, 악수 완전 괜찮아요, 사진은 두 장부터 유료랍니다, 혹시 사인도 필요하신가요, 하코네 첫 방문 캠페인 중이니 핫피에 직접 써드릴게요, 아뇨아뇨 그렇게 사양하지 마시고요, 팬 여러분에게 해드리는 사인은 익숙하니까요, 뭐니 뭐니 해도 현역 미소녀 잘나가는 대작가니까요, 후대까지 가보로 삼으실 수 있을 거예요, 부디 부디 소중히 간직하시, 어라 어디로 가시나요, 어라어라, 저기, 잠깐요, 저기요? 필요 없으신가요?! 이렇게나 귀여운 미소녀의 자필 사인인데! 왜?! 혹시 부끄럼쟁이?!"

용법 용량을 지키지 않는 츠츠카쿠시 세이카는 때로는 극약이다.

빌어먹을 빌어먹을 빌어먹을 악마적 울트라 머신건 토크에 저격당해 인력거 마초는 비틀거리며 도망쳤다.

그의 귀에는 이 녀석의 목소리가 달라붙어 떠나지 않는 저주가 걸렸을 것이다. 현대의학으로는 퇴치가 불가능하다. 나도 치료법을 하루하루 모색중이다.

"세이카 아즈키…… 여긴 어떻게——."

야야 쪽도 여러모로 생각하는 바가 있었겠지. 동기의 등장에 오늘 가장 흐리멍덩한 표정을 짓고 있다.

"넌 옷 제대로 입을 때까지 남들 앞에 나오는 거 금지다."

그 틈에 뒷덜미를 붙잡아 근처의 공공화장실에 처넣고 단단히 못을 박은 후,

"……으응……."

불만스러운 목소리를 무시하고 화려하게 미션 컴플리트.

하코네의 풍기와 나의 평화는 지켜졌다.

세이카와 가위는 쓰기 나름. 혹시나가 역시나 도와준 걸까? 한순간 감사하지 못할 것도 없었지만,

"텐진 선생님! 이런 데서 만나다니 별 우연이 다 있네요! 아니, 필연일까요? 분명 운명일 거예요! 책임지고 허그해주세요! 렌지에 땡 한 정도로 뜨겁게 해주실 것을 권해드려요!"

이 하이텐션에 머리가 지끈거렸다. 역시 딴 데 가라.

"넌 왜 이런 데 있냐."

"꾸준한 탐문 조사를 하고 있었더니 친절한 분께서 텐진 선생님의 위치를 가르쳐주셨지 뭐예요. 냅다 GPS 매핑으로 뒤를 밟아왔답니다. 이건 이제 우연이라는 이름의 운명이죠?"

"우연의 요소가 어디에도 없잖아…… 응?"

작년 말 수상식의 전철은 밟지 않고자 플라잉 보디프레스를 카운터로 일격필살하기 위해 꽉 쥔 주먹을 쳐들었으나, 아무리 기다려도 충격은 오지 않았다.

성장했나? 어른이 됐나? 무턱대고 남에게 뛰어들면 안 된다는 일반인 수준의 상식을 익혔나?

제자의 진화에 감동하고 있으려니 내 눈앞에서 꼼질꼼질 몸을 좌우로 틀어대는 진귀하고 진묘한 생물이 있었다.

"저기, 텐진 선생님…… 허그 전에, 그 뭐냐…… 알아차리신 거 없나요?"

희귀짐승 중학생의 머리 위에서 까닥까닥, 커다랗고 하얀 리본이 흔들리고 있었다. 처음 보는 리본이다. 진화 방향을 잘못 잡은 어쩌고 몬스터 같다.

"헤어스타일, 바꿨냐?"

"그, 그것도 있고요! 하지, 만…… 하나 더……."

꼼질꼼질.

꼼질꼼질꼼질꼼질.

꼼질꼼질꼼질꼼질꼼질꼼질꼼질꼼질꼼질꼼질꼼질꼼질꼼질.

무한히 틀어대는 몸 앞에, 아주 자세히 보니, 격렬하게 위아래로 흔들리며 교복의 변화를 가리키는 손가락이 있었다.

그러고 보니 이 교복은 별로 본 적이 없는데. 어느 학교였더라? 얼른 떠오르지 않았다.

이건 매우 이상한 일이다.

왜냐하면, 내가 모르는 여중생 교복이란 이 세상에 존재하지 않으니까.

아니 범죄적인 의미가 아니고, 중학교 입시를 담당하는 학원 강사는 직업상 각 지망 중학교의 교복에는 범죄자 수준으로 박식해지게 마련이고, 아 그러니까 범죄자 아니라고!

하지만 그렇다면 즉.

"……그거, 거기 교복이냐?"

양갓집 아가씨들만 다니는, 세이카의 중고등학교 일관제 학교. 그곳의 고등부 이름을 대자 알아봐줘꼼질꼼질맨의 얼굴이 확 밝아졌다. 진심으로 기뻐하듯 만세를 부르고, 아차 방심했다. 플라잉 보디프레스가 나를 엄습했다.

"맞았어요 딩동댕동 정답! 역시 나의 텐진 선생님이네요. 상품은 여기, 렌지에 땡한 열렬 허그가 되겠습니다! 유통기한은 평생!"

"첨가물이 너무 무서우니까 반품할래."

"그런 말씀을 하시다니~ 여기에도 부끄럼쟁이가 있었네

요. 제가 아무 말도 하지 않았는데 새 교복을 알아봐 주신 건 사랑의 증거가 아니겠나요."

"캐주얼하게 기억 수정하지 마라……."

"어떤가요? 신품 여고생의 융기의 온기, 확실하게 닿았나요?"

"뭐가? 어디가?"

앞면과 뒷면의 구별이 어려운 맨들맨들 보디를 내 얼굴에서 떼어내며 다시금 세이카를 바라보았다.

구입한 지 얼마 안 됐겠지만, 이제까지 입었던 교복보다 확실히 어딘가 어른스러운 디자인인 것 같기는 했다.

하얀 리본과 별 모양 머리장식은 여기에 맞춰서 갖춘 것인지도 모른다. 편의점의 패션 잡지에서 본 적이 있다. 도심의 유행을 받아들인, 자못 시대의 최첨단을 살아가는 여고생다운——.

"응?"

자신의 생각에 위화감을 느끼고 혼자 반추해보았다. 여고생?

아직 중학생인 주제에, 이 자식은 왜 고등학교의 신품 교복을 조달해온 거야? 코스프레도 아니고, 그것이 의미하는 바는 단 하나,

"그렇고말고요."

눈앞의 중학생은 체셔 고양이처럼 씨익 웃었다.

"——츠츠카쿠시 세이카, 마침내 다음 주부터 여고생이

됩니다!"

"실화냐."

진짜로 놀라고 말았다.

정말로 성장하는 건가. 정말로 어른에 다가가는 건가.

"진짜 리얼 실화고말고요! 이 교복은 정진정명 진품, 내부진학자 전용 학교설명회에서 막 구입한 거니까요. 시장에 유통되지 않아요. 프리마켓 앱에 출품하면 1초도 안 돼서 낙찰돼 추가판매 희망 메시지가 쇄도해 펑크가 나는 아이라고요!"

세이카는 내 한숨의 의미를 착각했는지 없는 가슴을 자랑스럽게 폈다. 교복의 가치기준을 페티시즘 매매시장에 두지 마세요.

"대인기 여고 교복의 희소가치를 좀 느껴보시라고요. 지금부터 착용해서, 저도 꽃피는 여고생다움을 전면에 내세울 테니까요. 어른은 상대도 해주지 않는 젖비린내 나는 중학생과는 이제 작별이에요!"

"아직 중학생 신분인 주제에 아무말을 하네……."

"어머어머 텐진 선생님도 참, 저의 여고생 매력에 가슴이 막 졸아드나요?"

"아?"

"그렇게 신분을 변명거리로 삼을 수 있는 건 3월의 남은 일주일뿐이랍니다. 청춘 카드로 최강무적, 지금이 전성기인 여고생 파워, 듬뿍 맛보시라고요!"

옷을 버리는 중학생이 있으면 옷을 바꾸는 중학생도 있는 법.

완전히 여고생 기분이 되어 들뜰 대로 들뜬 세이카를 바라보며, 나는 몇 차례 고개를 가로저었다.

알고 있었던 일이다.

학원 강사라는 직업은 아이들의 한순간과 스쳐 지나가는 것이 일이다.

영원히 어린 채로 있는 아이는 없다.

알고 있었을 텐데도, 늘 모르게 된다.

그럴 때는 국어과 강사로서 책을 읽는다. 중요한 이야기는 늘 고전에 적혀 있다.

사랑했던 소녀가 성장하고 말았을 때, 로리콘의 대 선구자 히카루 겐지('겐지 이야기'의 주인공. 첫사랑의 조카인 와카무라사키에게서 이상형을 느끼지만, 상대의 나이가 어려 후견인이 되는 데에서 그치고 직접 기르다 성년이 된 후 관계를 가졌다.) 선배는 과연 어떤 표정을 지었더라――

아니, 뭐.

애초에 히카루 겐지는 로리콘이 아니니 관계없지만요.

어차피 상대는 단순한 못난이 빌어먹을 악마. 중학생이 고등학생이 됐다고 그렇게 달라지진 않겠지. 아마도.

"그래서. 넌 왜 하코네에 온 거냐. 또 가족여행?"

아지사이바시 다리에서 유모토 역 앞의 메인 스트리트로 돌아가는 루트의 골목길에서.

사이좋은 부모님 이야기를 떠올리며 묻자 세이카의 동공이 갑자기 흔들렸다.

"그, 그건 그 뭐냐, 듣는 사람도 말하는 사람도 눈물을 짜게 되는 이야기로……."

"아?"

"이번 여행에 관해서는 정말 놀랄 만한 이야기가 있는데 말이죠, 그걸 쉽사리 말하기에는 이 여백이 다소 좁다고나 할까요……."

"20세기 최대의 난제처럼 말하지 말고 냉큼 불어."

이 녀석이 말을 흐릴 때는 대개 돼먹지 못한 일을 숨기고 있을 때다.

야야를 처넣었던 공중 화장실에서 멀리 떨어질 수도 없었으므로, 팔짱을 끼고 채근하자 세이카는 가방에서 뒤적뒤적 페트병을 꺼냈다.

"그게 그러니까요…… 거기!"

차내 판매로 구입했는지 라벨에는 오다큐 로망스 카의 이미지 캐릭터가 프린트되어 있었다.

그 페트병이 손목의 스냅과 함께 수리검처럼 길모퉁이에 던져졌다. 도덕 어디 갔냐.

하지만 야단을 치기도 전에.

"크윽! 어떻게……!"

짧은 비명과 함께 몸을 웅크리는 그림자가 있었다.

보아하니 모퉁이 뒤에 숨어서 이곳을 살펴보던 자가 있었던 모양이다.

"……너도 있었냐…….."

우즈라노 씨네 토에 양의 등장이다.

집업 파카에 핫팬츠를 입은, 매우 움직이기 편할 것 같은 러프한 차림이다. 도그런에 나가는 개 같다.

가방에는 내가 설날에 줬던 부적이 매달려 있었다.

교복을 입지 않은 이 녀석은 봄부터 대안학교에 다닌다고 한다. 우즈라노가의 보호자와도 그 점에 대해 자주 연락을 나누고 있는데, 타당한 선택이라고 본다. 학교에 가는 것만이 인생은 아니니까.

뭐, 어디에 가느냐보다도 왜 여기에 왔냐는 의문 쪽이 훨씬 중요하다. 노려봤더니 토에는 치와와처럼 파들파들 고개를 흔들며 얼버무리려 했다. 진지하게, 진짜 왜 왔는데?

"텐진 선생님도 참, 들개가 나타난 것 자체에는 별로 놀라지 않으시네요."

"들고양이하고 이미 만났으니까……."

"들고양이. 흐음? 누구 말인가요? 고귀한 세이카는 잘 모르겠는데요?"

나는 깊이 깊이 한숨을 내쉬었다.

이유는 모르겠지만 이렇게 되리란 느낌은 있었다. 스탠드 유저는 서로에게 이끌리며 천사와 악마는 버팅한다. 운명이란 그런 법이다.

"그렇다면 제가 여기 있는 이유도 아시겠네요, 텐진 선생님."

"그 점에 대해선 전혀 모르겠다. 수수께끼가 깊어질 뿐이다만?"

"그러면 그렇게 아무렴 어떠냐 싶은 문제는 그냥 내팽개치고요, 저의 여고생 패션에 대해 좀 더 얘기해보면 어떨까요? 빨간 리본에 순백 리본을 곁들여 드시기 편하게 단장했답니다. 프레젠트 포 유구욱!"

두 팔을 벌리며 다가오던 세이카의 이마에 페트병이 스트라이크.

"……공공장소인데, 적당히 좀 하지."

토에가 절묘한 스로잉으로 되던졌던 것이다. 내용물이 꽉 차 있으니 피차 대미지는 컸겠지…….

"아파아! 너무해! 뭐 하는 거예요, 토에 씨?! 말도 없이 느닷없이 물건을 던지는 건 야만인의 행위예요!"

"늘 그렇게 사돈 남말하지. 아까의 행위를 돌이켜봐, 바보리본."

"하필이면 바보리본이 뭐예요 바보리본이! 리본을 바보 취급하지 마세요!"

"바보 취급한 건 본체였는데요."

"내 본체 텐진 선생님을 바보 취급하다니 그게 무슨 짓이예요?!"

"왜 멋대로 남을 본체로 삼아…… 진짜 바보야?"

이마를 문지르며 꽥꽥 소리치는 세이카에게, 역시 이마를 문지르며 싸늘하게 매도하는 토에. 불그레해진 두 개의 이마를 진짜로 맞부딪칠 만한 거리까지 접근해서는 목 안쪽에서 울려 나오는 가르르릉 소리를 내는 개와 고양이.

저기저기 너희 그거 오래 걸리니? 나 그만 가도 될까?

"넌 입만 열면 텐진 선생님 텐진 선생님, 진짜 보기 갑갑하다. 오리새끼도 아니고, 좀 독립개체로서의 자존심을 가져봐."

"독립개체의 자존심? 호오, 토에 씨가 그런 말을 하나요?"

"……무슨 뜻인데."

"우린 분명 역에서 헤어졌을 텐데, 왜 토에 씨는 여기에 계신 걸까요. 혹시 반대 방향으로 가는 척하고 저를 몰래 따라왔던 걸까요?"

"뭐, 뭐어?"

"낯선 거리에서 외톨이가 되려면 용기가 필요하니까요. 하다못해 저라도 근처에 있으면 안심이 되겠다고 생각했던 건 아닐까요?"

"……큭."

"어머어머? 정곡이었나요? 독립개체의 자존심이란

대체?"

"아니야, 아니라고——."

"네 네, 귀가 새빨갛게 돼버렸네요, 귀여워요 귀여워요. 착하지 착하지 오구오구. 우리 토에 걸음마 어부바, 세상은 하나도 안 무쩌워요~."

"이게…… 시끄러워 바보리본, 죽어, 죽어죽어, 죽어……!"

도발 스킬에 특화된 빌어먹을 악마와 말발로는 못 당하니 무력행사에 나서버리는 못난이 천사. 그리고 오가는 중상비방, 오가는 페트병.

뒷골목의 캐치볼은 서로 멋지게 이마만을 착지점으로 삼고 있었다. 너희들 야구에 재능 있는 거 아니냐? 승부는 그라운드에서 내줄래?

"아~ 아~ 타임타임. 사정은 대충 알았다."

어쩔 수 없이 주심 행세를 하며 두 팔을 벌리고 끼어들어,

"너희 둘이 같이 하코네에 놀러 온 거지? 싸울수록 사이가 좋다는 그거냐?"

사심을 없애고 공평하게 심판을 내린 순간 페트병이 좌우에서 날아와 내 뺨에 꽂혔다. 공이 늘어나다니 이상한데.

"절대 아니거든요?!"

"하나도 맞는 게 없어."

"토에 씨랑 둘이 여행이라니."

"상상만 해도 끔찍해."

"그런 짓을 하느니 차라리."

"혀 깨물고 죽는 게 낫지."

호흡이 너무 착착 맞잖아. 금성철벽의 키스톤 콤비냐?

"알겠어요. 누군가의 명예를 위해 숨길 생각이었지만 이렇게 되면 어쩔 수 없죠. 왜 토에 씨가 하코네에 오셨는지, 듣는 사람도 말하는 사람도 눈물 나는 비극을 말씀드리겠어요!"

"오해를 사느니, 왜 츠츠카쿠시 세이카가 하코네에 있는지 진짜 이유를 가르쳐줄게. 누군가의 어리석음과 멍청함을 만천하에 드러내고 싶지는 않았지만. 희극처럼 웃어넘겨주라고."

두 사람은 마지막으로 한 번 더 가르르릉 이마를 맞대더니 나를 휙 돌아보았다.

"이 사람 잘못이에요!"

"이 여자 잘못이야!"

입을 모아 한 말은 악의와 편견으로 가득해. 뭐, 구제 불능이었다.

그 이면을 해독해보자면, 이런 뜻이었다──.

발단은 내가 유급휴가를 신청했던 것이라고 한다.

진학학원 TAX는 화이트 직장이므로 휴가 사유를 굳이 서류에 명기하지 않아도 된다는 규칙이 있다. 그 규칙이 현장에서도 지켜진다면야 더 좋은 직장이 되겠지. 빌어먹을 블랙이다.

대타 강사를 실장에게 부탁하려면, 담당 학생들에게는 반드시 사전에 철저히 알려야 한다. 내가 온천에 간다는 소문은 동생 모모카를 통해 토에에게까지 전해졌다.

토에가 제일 먼저 떠올린 생각은 누구와 가는가 하는 것이었다.

부적의 답례로 제안받았던 온천 여행에 대해, 나는 일관적으로 무시를 때렸다. 깨끗한 사회인이고, 애초에 함께 갈 이유도 모르겠고.

『설마── 그 도둑고양이랑……?』

토에는 동요했다. 왜 그렇게 되는데?

한편 세이카는 쵸후 역 근처에 있는 친척의 이자카야에서 일을 돕다가, 가게에 방문한 샤크와 연애 헌터의 대화를 엿들었다. 연애담을 좋아하는 두 사람 사이에서는 온천에 혼자 가는 남자는 없다는 공통 견해가 있었다나.

『혹시── 그 들개랑……?』

세이카는 당황했다. 그러니까 왜 그렇게 되냐고?

운명적으로 서로 이끌린 세이카와 토에는 서로가 서로를 찾아내 쭈뼛쭈뼛 탐색전을 시작했다.

『토에 씨, 잠깐 여쭤보고 싶은 게 있는데, 요즘 텐진 선생님과 만나셨나요?』

『츠츠카쿠시 세이카. 먼저 대답해. 너는 얼마나 만났어?』

『저 말인가요? 어디 보자, 텐진 선생님의 출근 일정에 맞춰서 매주 두세 번 정도는 개별 레슨을 받고 있죠.』

『뭐? 매주 두세 번……?』

『선생님도 열심이시니까요, 어쩌다 보면 매일 시간을 내주시는 경우도 많지만요. 후후, 사랑받고 있다는 증거일까요? 우수한 제자란 것도 참 힘들어요.』

『…………』

『토에 씨는 어떤가요?』

『……난 별로, 레슨 같은 건 상관없지만. 굳이 따지자면 그쪽 쉬는 날에 맞춰서, 한나절쯤 나가는 정도.』

『오? 휴일 데이트……?』

『됐다고 하는데도 계속 끌고 다니고, 전철이 끊길 때까지 있을 때도 많고. 진짜, 귀찮게 굴어서 완전 민폐. 찌꺼기 쓰레기 교사란 성가셔 죽겠어.』

『…………』

용호상박, 백중지간.

아울러 최근의 중학생 개인 레슨은 초등학생들 입시 시즌이라 격감. 각각 한 달에 한 번, 출근 전에 슬쩍 가는 정도다. 둘 다 새빨간 거짓말이잖아.

여우와 너구리의 잔머리 싸움이냐?

『호, 혹시, 토에 씨, 조만간 어디 멀리 나갈 예정 같은 건?』

『그런 건 왜 물어보는데.』

『아뇨아뇨, 딱히 깊은 이유는 없지만요. 예를 들면, 하코네에 누구랑 같이 가고 싶다거나…… 하는, 생각은?』

『역시…… 츠츠카쿠시 세이카, 네가…….』

『네? 뭐라고 하셨나요? 하코네가 어쨌다고요? 혹시 짚이는 구석이라도? 그럴 리가 없겠지요? 네? 네? 저 믿어도 되는 거죠? 네?』

『……그 남자와 여행 간다고 자랑하고 싶은 거라면 번지수가 틀렸어. 난, 이번에 같이 하코네에 갈 (생각만은 있는) 거니까.』

『뭐라고요?!』

『그러니까 기어오르지 마. 딱히 네가 특별한 건──』

『응, 뭐, 저는, 하코네에서 외박(플랜을 혼자 검토)할 거니까요…….』

『뭐? ……뭐?』

『그러니까, 당일치기 여행보다는 한발 앞서 나갔다고나 할까요.』

『난 2박 3일이거든? 벌써 두 발 앞서갔거든?』

『오? 전 혼욕 온천이거든요?』

『앙? 난 같은 방에서 자거든?』

『오오오오오오오?』

『아아아아아아앙?』

판돈을 서로 쌓다 못해 나란히 거품을 물고 졸도.

여우와 너구리의 바보 싸움이냐. 하다못해 잔머리 싸움이라도 하라고.

『……마침내 텐진 선생님이 유급휴가를 신청한 날짜가 됐군요. 전에 선생님에게 확인했더니 토에 씨하고 여행 갈 예정은 없다고 하시던데요?』

『나도 츠츠카쿠시 세이카와 약속한 기억은 없다는 말을 똑똑히 들었는데.』

『참 용케도 사돈 남 말을 하시네요. 거짓말을 사과하려면 지금이 기회예요.』

『그것도 내가 할 말인데. 너나 얼른 불쌍한 패배를 인정하시죠.』

『저는 거짓말 안 했거든요? 봐요, 2박 3일 짐을 챙겨왔잖아요.』

『나도 진심이라는 증거라면 있거든? 로망스 카 승차권 여기 있잖아.』

『열차가 출발했는데도 당황하지 않고, 차내에서 파는 도시락도 샀거든요?』

『나 등받이 눕힌다. 하코네 유모토에 도착할 때까지 내릴 마음 전혀 없으니까.』

『정말 고집도 세네요. 텐진 선생님이 없다는 걸 잘 알면서.』

『없어서 곤란한 건 너겠지. 하코네에서 혼자 뭘 할 수 있어?』

『말은 됐어요. 결판을 내죠. 저 트럼프 가져왔는데요.』

『시시한 소리 집어치우고 냉큼 카드 섞어서 돌리기나 해.』

『진짜로 해서 울상을 짓게 만들어주죠! 볶음밥 좀 먹어볼래요?』

『조커를 그 낯짝에 집어 던져주지. 보리차 남았으니까 교환해.』

…………

……

──다음 역은 하코네, 종점. 하코네 유모토 역입니다──.

"역시 둘이서 온천 여행 온 거였잖아!"

나는 페트병을 두 사람의 백에 처넣었다. 도둑 잡기 하면서 재미있게 왔잖아. 너희 나한테 제대로 사과해!

"어째서요! 제 여행에 토에 씨가 제멋대로 따라온 거잖아요!"

"내가 기획한 온천 플랜에 츠츠카쿠시 세이카가 그냥 편승했을 뿐."

양쪽에서 떠들어대는 깜빡쟁이 여우와 둔탱이 너구리는 아직까지도 오기를 부리고 있다.

허식과 허영에 찌든 치킨 레이스는 첫걸음부터 낭떠러지에서 고꾸라지고 있는데도 말이다. 더블 KO로 둘 다 판정패다.

사상 최저 수준의 프로레슬링 시합 속에서도 최악인 것은.

얽히고설켜서 둘이 추락한 링 아래에, 어쩌다 내가 있었다는 거다.

"자요 토에 씨 좀 보세요! 텐진 선생님은 나를 기다리고 있었잖아요!"

세이카가 자랑스럽게 내 오른팔을 쭉 잡아당겼다.

지금 막 만난 주제에 뇌내변환이 가능한 네 행복회로는 어떻게 돼먹은 거냐.

"기다려, 츠츠카쿠시 세이카. 네 논리는 이미 파탄이 났어."

"뭐라고요?"

"……그가 기다리고 있었던 건, 나일 가능성도 있는, 것 같아……."

토에가 조심스럽게 내 왼팔을 꼬옥 안았다.

너 상식인인데 세이카가 얽힌 순간 거시기해지는구나. 못난이는 전염되냐?

"텐진 선생님! 이렇게 됐으니 저 사람한테 확실히 말씀해주세요!"

"이 여자 확실하게 말해주기 전에는 못 알아먹나 봐. 난 됐으니까 저쪽한테 말해."

"토에 씨하고는 앞으로도 이제까지도 약속 같은 거 하지 않았죠?!"

"츠츠카쿠시 세이카하고 여행 갈 예정 같은 건 영원무궁토록 없……죠?"

이 자식들 정말 난감하게도, 자기가 막무가내를 부린다는 자각이 어중간하게 있다. 그러니 확인을 하려는 건 자신과 여행을 왔느냐가 아니다.

상대에게 가망이 없기를 바라면서 서로 발목을 잡아당기는 거다. 지옥이냐? 부처님이 거미줄을 내려주시면 솔선해서 줄을 끊어버리는 칸다타냐?

"자, 토에 씨에게 진실을 밝혀주세요!"

"자, 츠츠카쿠시 세이카에게 현실을 들이대."

천사와 악마가 양쪽에서 두 팔을 잡아당겨서, 가 아니고 들이대서, 아아, 기시감. 이 세상에 신이 있다면 분명 돼먹지 못한 낯짝을 하고 있겠지.

예를 들면, 그래.

"…………."

공중화장실 문에 매달려, 흐리멍덩한 얼굴로 서 있는 야야처럼.

야야신은 언제부터 보고 있었던 걸까.

천사와 악마의 중상비방 콤비는 거의 동시에 돌아보았다.

"야야 씨! 여기에는 어떻게?"

"……누군데? 아는 사람?"

세이카가 입을 크게 벌리고, 토에가 눈을 가늘게 떴다.

그렇구나. 세이카하고는 데뷔 동기지만 토에하고는 면식이 없었지. 게다가 나와 초대 담당자와 기획을 하고 있었다는 건 세이카도 모른다.

이 셋은 내 사회적 입장에 관한 정보량에 큰 차이가 있다.

학원 강사인 나밖에 모르는 토에와, 라이트노벨에 대해 잘 아는 일반인이라고 지레짐작하는 세이카와, 똑같이 작가로서 활동한다는 것까지 아는 야야.

난감하구만. 이거 설명이 엄청 복잡하겠는데——

"……괜찮아."

어슬렁어슬렁 다가온 야야가 나만이 의도를 알아들을 수 있는 목소리로 중얼거렸다.

"텐군의 비밀에 대해서는 잘 알아. 야야는 똑똑하니까."

"오, 잘 설명할 수 있겠어?"

"나한테 맡겨. 만주에 대해서는 말 안 해. 양자택일 문제를 준비하길 잘했어."

서두르지도 당황하지도 않고 고개를 끄덕이는 야야. 이 녀석의 담대함이 지금은 정말로 든든하다. 근데 양자택일이란 게 뭐였더라.

"잠깐만요, 야야 씨가 언제부터 나의 텐진 선생님이랑 그렇게 친해졌나요?"

"왜 거기서 눈짓을 주고받을 필요가 있는데……?"

의심스럽다는 듯 손가락질을 하고 팔짱을 끼는 두 사람에게, 야야는 여유 있게 고개를 끄덕였다.

마치 과시하듯, 나에게 고개를 폭 기댄다. 응?

"하코네에 온 이유는 하나."

야야는 누구보다도 풍만한 용기를 나의 가슴에 가져다 대고는,

"텐군은, 야야랑 아이 만들기 레슨 중."

"……오?"

"──하?"

세이카와 토에가 번쩍 고개를 들고 나를 보았다. 천사와 악마의 얼굴이 완전 심각해져서 웃긴다. 아니 웃기긴 뭐가 웃겨. 이거 제일 끝장나는 설명이잖아.

두 사람은 다음으로 서로를 바라보더니, 서로 속내를 캐려는 듯 눈을 깜빡이고, 생각에 잠긴 것은 한순간.

경쟁하듯 손을 들자마자,

"그, 그거라면 저하고도 많이 했거든요?! 러브러브 쪽쪽 행복 가득, 어제도 엄청 만들었거든요?!"

"나, 나도, 오늘은 못 만들어줄 것도 없고…… 싫다고 저항해도 어차피 억지로 쓰레기통에 처박혀서……."

진상 추궁보다도 상대에게 지지 않겠다는 마음을 우선시하고 앉았구나 너희들…….

무한히 솟아나는 긍정적 망상과 부정적 망상에 소환된 인력거 마초가 지원인력을 이끌고 돌아오는 기적이 느껴졌다.

"좋아, 알았다."

나는 세 사람에게 웃음을 지으며 말했다.

"──오늘은 이만 해산! 각자 알아서 귀가!"

도저히 같이 못 놀아주겠다, 빌어먹을.

📖

하코네야마 산이 있다 보니, 산기슭에 위치한 하코네 유모토역 주변도 고저차가 심하다.

역의 경사로 아래쪽은 대지를 도려내듯 강이 낮게 흐르며, 역 꼭대기에는 깎아지른 듯한 고지대가 보인다.

그리고 그 고지대에는 『오이천국』이라는, 원천 순환식 족탕이 있다.

역 쪽에서 올려다보면 붉게 녹슨 철책과 세월의 흔적이

느껴지는 간판의 인상이 강해 다가가기가 저어될 정도로 궁상맞지만, 실제로 찾아가 보면 매우 레트로하고 차분한 분위기가 있다.

역에서 조금 올라가기만 하면 되는 편리한 위치에, 시내가 한눈에 내려다보이는 것도 좋고, 요금도 양심적이다. 그러면서 별로 붐비지도 않는다. 하코네의 숨은 명소로서, 내가 좋아해 자주 들르는 곳이다.

속세의 때를 발에서 씻어내기를 수십 분.

"으응⋯⋯?"

눈을 감은 채 족탕에 발을 담그고 있으려니, 옆에서 털썩 앉는 소리가 들렸다.

"⋯⋯아까는 미안."

야야였다.

"뭐가?"

"이것저것. 소란 떨어서, 텐군한테 폐 끼쳤어."

그 말만을 하고는, 족탕에 슬그머니 맨발을 넣는다.

벗은 가죽 구두에는 흙이 잔뜩 묻어 있었다. 역 앞에서 헤어진 후로 계속 나를 찾아 헤맸는지도 모른다.

내 스마트폰은 배터리가 다 떨어졌다. 헤어졌을 때는 진짜로 해산할 생각이었다.

"⋯⋯아니, 나도 어른스럽지 못했어."

"? 텐군은 잘못한 거 없어. 우리 셋이 잘못했어. 특히 야야가 잘못했어."

야야는 머리를 갸웃했다. 화려한 가발 너머에서 중학생다운 소박한 눈이 조용히 깜빡거렸다.

"셋이 의논했어. 너무 장난이 심했어. 다 같이 분담해서 찾았어. 텐군이 돌아가기 전에 제대로 사과하려고."

이렇게까지 저자세로 나오면 무슨 말을 해야 좋을지 모르겠다.

"텐군은 야야의 취재에 함께 와준 거라고 설명했어. 처음부터 그렇게 말했으면 됐을 텐데."

"아니 뭐, 남에게 피해만 안 주면 나는 상관없지만……."

"텐군의 문제는 야야의 문제야. 야야는 논리적. 걔들 둘에게 사정을 설명할 능력이 있었어. 그런데 못했어. 미안해."

야야는 족탕에 가발이 닿을 정도로 깊이 고개를 숙였다.

뿌연 온수에 비친 자신의 표정을 찾듯, 한동안 그 자세로 굳어 있었다.

"세이카 아즈키. 그녀한테는 왠지, 취재에 대해 숨기고 싶었어. 내가 수상작 이외의 일을 하려는 걸 알리고 싶지 않았어."

"그랬냐."

"야야의 일은 야야의 문제지 그녀의 문제가 아닐 텐데도. 정말 이상한 심리. 왜 그런지, 계속 생각하고 있어."

"……그러냐."

그 심리의 정체는 명명백백.

가증스러운 칠죄종 중 하나——

질투다.

동기로 데뷔했고, 잘나가는 작가에, 미디어믹스가 쭉쭉 진행되는 상대에게, 자신의 애매한 상황을 감추고 싶은 거다.

"야야한테는 감정이 없으니까. 생각해도 잘 모르겠어."

알고 있을 것이다. 당연히 감정이 있을 테니까.

재능의 세계에는 추한 죄업이 산더미처럼 쌓여 있다.

누구나 그 사실을 안다.

나도, 너도.

그 죄의 무게를, 그 벌의 아픔을, 미쳐버릴 정도로 잘 알고 있다.

모르는 것은—— 한 줌의 선택받은 재능을 가진 자들뿐이다.

"텐진 선생니이이이이이임!"

제 말 하면 나타나는 호랑이.

세이카는 도플러 효과와 함께 돌계단을 뛰어 올라와서는 슬라이딩 오체투지와 함께 족탕으로 다이브.

"조금 전에는 정말 죄송했습니다아!"

물이 뚝뚝 떨어질 정도로 싱그럽게, 전력사과로 밀어붙이고 있다.

그런 거 무서우니까 하지 마라. 다른 손님들이 다 가버리잖냐.

"됐다 됐어. 야야한테도 들었으니까 그만해. 너희가 반성했다는 건 잘 알겠으니까."

한숨을 쉬며 붙잡아 일으키자 세이카는 생글생글 웃었다.

"아, 저는 텐진 선생님에 대한 어필이 반드시 꼭 전부 다 나쁘다고 생각하는 건 아니지만요."

꼭 그렇게 분위기 잡쳐야겠냐. 반성 안 하고 있잖냐.

"사랑은 전쟁이라고 하니까요. 전장에서는 어지간한 수단은 다 허용되지 않나요?"

"남의 몸을 멋대로 전장으로 삼고 있구만……."

넌 진짜, 그런 게 진짜 문제라고.

어이가 없어져 포기하고, 쫓아내듯 쉭쉭 손을 내저었다. 세이카는 웃음을 지우지 않고 족탕에서 일어나 나를 빤히 바라보았다.

"저는, 하지만. 시간이 없어서요……."

"시간?"

"시한부 일주일짜리 러브코미디처럼 말이에요. 그런 설정이라면 귀여운 세이카에게 희롱당하는 것도 어쩔 수 없지~ 하고 용서해주는 그런 거 안 될까요?"

"되겠냐."

"그렇겠네요. 양치기 소년이죠. 자업자득이죠."

깔깔 웃는 표정이 어딘가 딱딱한 듯—— 어딘가 쓸쓸한

듯 보이는 것은 기분 탓일까.

……멍청한 소리지. 당연히 착각이다.

나는 눈을 돌렸다.

옛날부터 러브코미디는 부담스러웠다. 읽는 것도 쓰는 것도.

나는 사랑에 빠진 사람의 기분을 이해할 수가 없다.

비가 추적추적 내리기 시작했다.

오이천국 족탕의 유일한 단점은 천막 같은 지붕밖에 없어 날씨에 대한 대응이 빈약하다는 것이다. 비바람이 거세지면 도저히 발을 담그고 있을 수가 없다.

"일찌감치 나갈까……."

일어났을 때, 뒤쪽의 잡목림에서 굴러떨어지듯 토에가 내려왔다.

세이카가 올라왔던 돌계단과 반대쪽의 고지대는 원래 관광객이 들어가면 안 되는, 길 없는 길일 텐데.

러프한 파카는 녹색으로 지저분해졌으며 곱게 땋은 머리에도 흙이 묻어 있었다.

"야, 너 괜찮아?"

"토에 씨가 중간부터 안 보인다 했더니 그런 데서 내려오다니…… 무슨 마술일까요."

세이카가 눈을 깜빡거렸다. 이 녀석들끼리 히요도리 고개 기습(헤이안 시대 겐페이 전쟁의 이치노타니 전투에 빗댄 말. 헤이케

군은 험준한 히요도리 고개를 등지고 진을 쳤지만, 미나모토노 요시츠네는 이 고개를 올라 헤이케 군을 뒤에서 기습해 승리를 거두었다.) 깜짝쇼를 꾸민 것은 아닌 모양이다.

나와 세이카가 물어도, 토에는 전혀 대답하지 않는 것이다.

"……너, 왜 그래?"

"아, 아무 것도 아냐…… 길을 잃었을 뿐…….”

토에는 가엾을 정도로 입술을 떨고 있었다.

마치 무언가에게서 도망쳐 온 것처럼.

그 찰나, 비가 한층 심해졌다.

강렬한 바람소리와 함께 잡목림이 심하게 흔들렸다.

우드득, 하고 무언가가 뜯겨나가는 소리가 들렸다. 숲에서 큰 나무라도 부러진 걸까.

모두의 시선이 고지대 쪽으로 쏠렸을 때였다.

천막 지붕이 무너지면서 족탕 끄트머리에 파이프가 떨어졌다.

"꺄아아아아아아아아아악——!"

토에의 목소리였을까. 귀를 찢는 듯한 비명이 주위에 울려 퍼졌다.

쩌렁쩌렁한 천둥소리. 바람에 날뛰다 꺾이려 하는 나뭇가지. 괴조의 술렁임.

쏟아지는 비와 불온한 소리가 우리를 감쌌다.

희뿌연 수증기가 천천히 걷히자, 족탕 한가운데에, 하얗고 커다란 덩어리가 둥실둥실 떠 있는 것이 보였다.

그것은 더 이상 움직이지 않는, 젊은 여성의 주검이었던 것이다…….

──아니, 그럴 리가 있나.

"심각하네……."

빈혈이겠지. 자력으로는 일어날 수 없는 것이다. 빈혈이 있는 사람은 정말 힘들다.

크게 다친 것 같지는 않았으므로 안정을 취할 만한 곳으로 옮겨 쉬게 하면 되지 않을까.

축 늘어진 몸을 일으켜주려다 나는 깜짝 놀랐다. 짧은 눈썹에 예리한 눈매, 강한 의지가 담긴 듯한 입술. 혈색이 나빠 평소의 고생이 엿보이는 뺨.

잘 아는 얼굴이었다.

"시베리, 이봐요, 시베리 씨?"

MF 문고 J의 편집자이자 내 담장자다. 야야의 담당이기도 하다.

왜 관계자가 모여들고 있는 건데. 하코네가 특이점이라도 되나?

뒷산에서 굴러 떨어졌던 건 아니겠지. 우리 모두가 시선을 뗀 사이에 건물 쪽에서 왔다가 비에 발이 미끄러졌을 것이다. 아마도.

"앗앗앗—— 앗……."

시베리는 잠시 눈을 뜨기는 했지만, 무언가 무서운 것이라도 본 듯 질끈 눈을 감아버렸다.

따뜻한 온수가 사방에서 튕겨져 날아와 내 시야를 적셨다. 함께 시베리를 안아 일으켜준 중학생들이 일제히 일어난 것이다.

"……이건 불행한 사고가 아니에요! 여기에 범인이 있어요!"

츠츠카쿠시 세이카는 연기하듯이 목소리를 가다듬었다.

그야 그렇겠지. 시베리 씨는 완전 쌩쌩하게 살아있으니까 불행도 뭣도 아닌걸.

왜 범인이 어쩌고 단정해?

"아, 아니야……, 난 아무것도 몰라……, 그런 사람 모른다고……."

우즈라노 토에는 의심스러울 정도로 얼굴이 새파랗게 질렸다.

그야 그렇겠지. 넌 이 사람하곤 초면인걸. 게다가 어른은 특히 상대하기 힘들어하고.

왜 그렇게 조바심을 내면서 변명해?

"에잇 이런 데 있을 수는 없어—— 야야는 돌아가겠어——."

야야야 야야는 섬뜩할 정도로 담담하게 중얼거렸다.

그야 그렇지. 천막이 날아가는 바람에 가만있으면 우리도 다 젖어버릴 것이다.

너만 믿는다. 얼른 앞장서다오.

탐정 놀이는 이것으로 끝.

범인 같은 건 있지도 않아. 선재, 선재로세.

📖

"움직일 수 있겠어요?"

여전히 축 늘어진 시베리를 안고 돌계단을 내려가던 도중.

시베리가 손에 스마트폰을 쥐고 있는 것이 보였다.

떨어뜨리면 안 되지. 그것을 들자, 꺼지지 않고 밝은 액정 화면이 눈에 들어왔다.

메모 앱이 떠 있었다.

그곳에 적힌 말은 단 한 줄.

범 인 은 너 야

"……──."

나는 슬그머니 스마트폰을 잠갔다.

설령 어떤 장난이라 해도.
별로 기분이 좋지는 않았다.

2 장

토카이도츄 히자쿠리게 ✎

시베리는 어렸을 때부터 빈혈이 있었다고 한다.

"앗저기요즘최근에는이런일별로없어서놀라버렸을뿐이 고그냥수면부족일거예요완전별거아니에요."

"신경 쓰지 마세요."

"번거롭게해드려서정말죄송합니다……."

누워있으면 나을 테니 택시를 불러 함께 따라가 주자.

거래처, 그것도 업무 발주처의 직원이 쓰러졌는데 내버 려 둘 수 있는 사회인은 없을 것이다. 다들 착각하기 쉽지 만 작가란 기본적으로 하청을 받아서 하는 일이다. 우는 아이와 편집자에게는 절대 못 이긴다.

시베리가 숙박할 곳은 하코네 유모토역에서 아시노코 호수를 향해 국도를 따라 올라가는 도중, 코와쿠다니 근처 라고 스마트폰 앱에 표시되어 있었다.

이미 호텔에 자가용을 세워놓고, 무료 관광버스를 이용 해 하계에 내려왔던 것이라고 한다. 차를 두고 돌아갈 수 도 없겠지.

"어머, 유넷선 근처인가요? 우연이네요. 저희가……가

토카이도츄 히자쿠리게: 東海道中膝栗毛. 에도 시대 후기의 극작가이 자 화가인 짓펜샤 잇쿠가 쓴 책. 토카이도의 풍물을 야지로베와 키타하치 라는 인물의 여행기 형식으로 풀었다.

아니라, 귀여운 세이카가 단독 예약했던 여관도 그 근처랍니다."

"그러냐 알았다 당장 집에 가라."

"예약해놨거든요?!"

당당하게 택시에 동승하려는 세이카의 얼굴을 꾸우욱 밀어내고 문을 닫자, 택시는 빗발이 강해지기만 하는 하코네야마 산을 빠르게 달려나갔다.

유넷선이라는 이름의 대형 온천 테마파크 옆에 시베리가 묵을 관광호텔이 있었다.

프런트에서 수속을 하고 방까지 안내를 받아, 꿇어 엎드려 사과하려는 편집자를 침대에 처박은 데에서 내 역할은 끝.

"텐진선생님정말고맙습니다이은혜는몸을팔아서라도갚을게요……."

"안 갚아도 되고, 꼭 갚고 싶다면 물질적인 걸로 갚아주세요."

"앗예 5천조엔이군요애써볼게요노력할게요……."

"현실적인 자릿수를 말하세요. 그게 아니고, 빈혈은 어쩔 수 없는 거잖아요. 누구 탓도 아니니까요."

쓴웃음을 짓고 있으려니, 시베리는 이불에 가려진 입을 우물우물 움직였다.

"만약에, 만약에 사실은빈혈이아니고…… 누군가에게책임이있는거라면——."

"네? 책임이, 누군가에게, 있나요?"

"……아뇨…… 아무것도아니에요……."

"피곤하신 거예요. 푹 쉬세요."

인사를 하고 방을 나와, 복도에 자판기가 있던 것을 떠올리고 스포츠 드링크를 두어 개 구입했다.

돌아와 보니 시베리는 이미 눈을 감고 있었다.

"선…… 죄송……해요……."

자는 모습이 앳되어 보인다. 사회인 같지 않다. 무슨 악몽을 꾸는 걸까. 칭얼거리면서 미간에 뱅글뱅글 소용돌이 같은 주름을 새기고 있다.

너무 보고 있으면 안 되겠지.

"응……?"

발을 돌리려다가, 시베리가 머리맡에 꺼내놓은 페트병이 눈에 들어왔다.

텅 비어 있었다. 로망스 카의 이미지 캐릭터가 라벨 속에서 웃고 있었다.

나는 그 녀석을 한동안 바라보다, 이번에야말로 방을 나왔다.

📖

"역시 하코네의 절정은 여름이네요. 산간 온천지대니까 봄은 아직 쌀쌀해서 밖을 돌아다니기가 꺼려져요."

"흐응."

"반대로 그 점이 저처럼 장기휴가 중인 학생에게는 공략 포인트라고도 할 수 있겠지만요. 그거 아시나요, 지금 하코네 여행은 엄청 이득이라는 거?"

"호오."

"작년이었던가 재작년이었던가 하코네야마 산이 분화해서 입산규제가 있었던 덕에 관광객이 줄어든 채 회복되질 않는대요. 조사해보니 깜짝 놀랄 정도로 싸졌지 뭐예요."

"헤에."

"특히 코와쿠다니가 파격적인 가격이었어요. 시베리 씨도 어쩌면 저처럼 인터넷으로 검색해서 숙박 계획을 세웠는지도 모르겠네요."

하코네 유모토 역까지 가는 버스는 아직 당분간 오지 않을 모양이다.

호텔 앞의 정류소에서 비구름을 올려다보며 멍때리는 동안 세이카는 렌탈 우산을 빙글빙글 돌리며 내 주위를 뱅글뱅글 맴돌았다.

왜 당연하다는 듯이 솟아나는 거야 이 자식은…….

"하코네야마 산 주변은 기본적으로 외길이라, 택시도 버스도 이동시간은 별로 다르지 않아요. 금방 따라잡았답니다."

"그렇구나. 토에랑 사이좋게 지내라."

"그건 그쪽 하기 나름이죠. 걔는 이상하게 우위를 차지

하고 싶어한단 말이에요. 트럼프도 그렇고 UNO도 그렇고 저한테 지기만 하면서."

"그렇구나. 건강하게 즐겁게 지내라."

"저희가 묵을 여관은 이 덤불투성이 사도(私道)를 끝까지 올라가면 나와요. 저하고 토에 씨가 각각 2인실을 하나씩 잡았답니다."

"그렇구나. 경제를 잘 돌려라."

"뭐니 뭐니 해도 여긴 매혹의 온천지. 언제 무슨 해프닝으로 남자가 굴러들어올지 모르니까요. 그러면 드디어 결판이 난다고나 할까요……."

"그렇구나. 지금 당장 집에 가라."

"…………텐진 선생님."

"…………무조건 싫어."

"제발요, 한순간 보고 가기만 하셔도! 아무 짓도 안 할 테니까요! 제 방에서 잠깐만 쉬고 가세요! 끄트머리만! 진짜 끄트머리만 살짝!"

팔에 대롱대롱 매달린 빌어먹을 악마는 필사적으로 나를 어두운 덤불 속에 끌고 들어가려 했다.

호텔 밖에서 기다리던 건 아마 시베리를 걱정해서였겠지. 그런데 별 일 없었다고 가르쳐줬더니 완전히 마음을 놓고는 이 모양이다. 전에 없을 정도로 정조의 위기가 느껴진다만?

"'너한테 관심 없음' 오라가 얼마나 피어나는지 내 의욕

없는 대답을 통해 파악 좀 해봐라…….”

“대화에 응해주는 것만으로도 가망이 있다는 사인이라고 픽업 아티스트 교본에서 배웠거든요.”

“넌 매일매일 쓸데없는 책으로 쓸데없는 학습을 하고 있구나.”

고집스럽게 저항하는 나에게 진저리가 났는지, 세이카는 으으 신음하며 우산을 휙 들었다.

“에잇, 출혈 대 서비스! 지금이라면 야야 선생님도 덤으로 붙여드릴게요!”

“불법 인신매매 조직이냐?”

“정당한 교환조건이거든요? 마침 야야 씨가 제 방에 계세요. 뭔가 취재하고 싶다고 하셔서, 여기저기 열심히 사진을 찍으시던걸요.”

“아, 흐음.”

옥신각신하던 팔이 정지했다.

이런저런 일 때문에 유야무야됐지만, 야야에게만은 돌아가기 전에 한마디 해둘 걸 그랬다. 명색이 같은 업계인이고 업무 때문에 함께 왔으니, 제멋대로 버팅을 일으킨 녀석들보다는 훨씬 책임감이 느껴졌다.

“그렇다면 뭐, 방 정도는 봐주지. 약속한 거다. 아무 짓도 하지 마. 알았냐, 절대 아무 짓도 하지 마!”

“……………….”

호락호락 술수에 빠져 줬는데도 정작 세이카는 움직임

이 둔했다. 부루퉁 뺨을 부풀린 채 내 얼굴을 빤히 바라본다.

"텐진 선생님, 어쩐지 야야 씨한테만 관대해요……."

"아? 어디가?"

"몰라요."

부루퉁한 뺨이 홱 옆을 보고, 다음으로는 아래를 보았다. 교복의 가슴께 언저리였다.

"우린 작가로서는 거의 호각, 귀여운 얼굴은 제가 우세. 그렇다면 눈에 뜨이지 않을 정도의 스타일 차이가 원인…… 아니 하지만 텐진 선생님은 로리콘이었을 텐데. 그렇다면 중학교 교복에 포인트가 간 걸까? 로리콘에게는 고등학생이라도 허들이 높았을 가능성이…… 으으으음이게무슨일인가요. 내가 이 무슨 실수를, 책사가 책략에 빠진다더니…… 죽은 중학생이 산 고등학생을 쫓아내는구나……!"

중얼거리면서 세이카는 자신의 흉부를 맨들맨들 차닥차닥 쓰다듬고 있었다. 이 녀석 진짜 자기인식과 세계관이 머리 이상해. 모든 분석에 딴죽 걸 구석밖에 보이지 않는다.

맞는 말은 한 곳뿐. 어디가 맞았는지는 평생 생각해라.

안내를 받은 여관은 2층이며 전체적으로 납작한 전통식 가옥이었다.

옛날 지방관이 쓰던 구식 저택을 민박집으로 개조한 듯한 모습이었다. 담쟁이가 종횡무진 얽혀 기와지붕을 압박한다. 바깥쪽의 차도와 인접한 사도도 콘크리트가 갈라져 차량 통행에 지장이 있었다. 제대로 관리도 안 했겠지.

"……이런 데 묵고 있냐?"

"그게요, 엄청나게 쌌거든요."

세이카가 말해준 가격은 반대의 의미로 눈알이 튀어나올 정도였다. 1박에 2식 포함, 유넷선까지 걸어서 갈 수 있는 코와쿠다니인 점을 생각해보면 시가파괴 수준이다. 이렇게 해도 장사가 되나?

"……어서 오세요……."

프런트로 보이는 작은 방의 창가에는 허리가 구부정한 할머니 한 분이 쪼글쪼글한 웃음을 지으며 앉아 있었다.

노후 취미로 하는 건지도 모른다. 숙박부는 방안지 노트였으며, 장식된 그림은 자가제. 로비의 TV는 우리 집에 있는 것보다도 작았다.

"……좀 제대로 된 여관도 있었을 거 아냐."

할머니에게 들리지 않도록 작은 목소리로 속삭였다.

"토에는 그렇다 쳐도 너한테는 수입도 있잖아."

말도 안 되게 많이 팔린 데뷔작의 인세는 이미 들어왔을 시기다. 앞으로 미디어믹스도 다수 예정되어 있으므로 한

동안 입금이 끊어질 날은 없을 것이다. 연 수입이 5배인 제자의 피부양자가 되는 엔딩이 가깝다. 죽고 싶다.

"그 돈은 엄마가 관리해주세요. 저한테 거금을 맡겼다간 100퍼센트 사고를 친다고."

"너희 어머님은 정말 너를 잘 이해해주시는 어머님이구나."

"그건 무슨 뜻이에요! 우리 집은 교육방침이 엄격하다고요. 용돈도 전혀 늘려주시지 않고요. 그러니까 저도 이 정도 가격대가 한계였어요. 이번 달에는 큰 책을 세 권이나 사버렸고……."

세이카는 고개를 움츠리고는 두 손의 검지를 콕콕 맞댔다.

늘 상식의 나사가 풀려버린 모습만 보니, 가끔 이렇게 올바른 금전 감각을 보여주면 가슴이 두근거리는구만. 나 너무 쉬운 거 아냐?

"그보다 선생님, 일박 체크인 마치고 오세요."

"아니 안 잘 거라고. 그 정도로 쉽진 않다고."

틈만 나면 기정사실을 날조하려 드는 세이카를 밀어내고 할머니에게 다가가 인사했다.

"아~ 저, 실례합니다. 여기 아는 사람이…… 그러니까요 녀석이 여기서 묵고 있는데요, 잠깐 들어가도 될까요?"

말하면서 숙박부를 흘끔 보자 제일 위에 세이카의 이름이 있었다.

"······그려."

직업란에는 작가라고 적혀 있다. 주장이 강한 글씨다.

"뭐 이상한 점이라도 있었나요?"

"중학생처럼 생긴 녀석이 이런 말을 쓰면, 수상하게 보거나 귀찮은 일이 벌어질 거라는 생각은 안 해봤냐?"

"음음? 저는 이미 어른처럼 생겼잖아요?"

"그런 빌어먹을 자기인식은 집어치우고."

"그게 무슨 말씀이세요?! 저는 틀림없는 작가예요. 사실을 사실대로 쓰는 게 무슨 잘못이 되나요?"

"······그러네. 그럴 수도 있겠지."

야야하고는 다른 의미에서 세이카 또한 작가라는 데에 자긍심을 가진 생물이다.

원래 라이트노벨 작가란 인종은 좀처럼 자신의 직업을 밝히지 않는다. 거기서 대화가 이어지길 바라지 않기 때문이다.

라이트노벨이란 장르를 일반인에게 설명하기는 어렵고, 어쩌다 작품명이 뭐냐는 질문이라도 받으면 『협박』이니 『범죄』니 하는 단어를 남들 앞에 드러내야만 한다. 제목은 진솔하게 짓고 볼 일이다. 미래의 작가 제군은 교훈으로 삼기 바란다.

"하지만 세이카의 작품 제목도 좀 거시기하잖아?"

그도 그럴 것이,

『야한 일이 주특기인 선생님이 나를 협박하는 건에 대해!』

──니까. 상업주의의 화신이냐고.

"글쎄요. 저작에 대해 말하는데 무슨 부끄러움이 있나요?"

세이카는 더더욱 모르겠다는 듯 고개를 꼬았다.

"저는 제 작품이 완벽하다고 생각하고, 제목도 물론 훌륭하다고 생각해요. 그게 저의 자긍심이에요."

"그래……."

"세상에 내보내기 전에는 한껏 고민했지만, 한번 출판되면 자신을 가지고 자기 작품을 독자들에게 읽힐 거예요. 작가의 신념이란 그런 거예요."

야야도 말했던 작가의 신념. 언제부터였을까, 이제는 입에 담는 것이 부끄러워져버린 그런 종류의 말이다.

"……너의 그런 면은 가끔 부럽더라."

나는 어깨를 으쓱하고 숙박부를 덮었다.

직업, 작가.

정말 홀딱 반해버릴 정도로 당당한 글씨였다.

"그러니까 여관 할머니, 보세요. 이분이 제 작품의 등장인물이랍니다. 텐진 선생님은 제가 낳았어요! 자신 있게 단언하겠어요! 제가 텐진 선생님의 엄마예요!"

세이카가 나를 척 가리키고, 나는 그 머리를 말없이 후려쳤다. 사람의 기원을 당당하게 주장하지 않아도 돼.

프런트를 떠나 2층으로 가는 계단을 올랐을 때, 할머니는 이미 꾸벅꾸벅 졸고 있었다.

봄잠에 새벽이 오는 줄도 모른다더니. 저녁 가까운 시간이지만 괘종시계의 초침 소리와 창문을 적시는 빗소리가 기분 좋은 리듬이 되었겠지.

세이카의 객실은 전통식 방이었다.

토코노마(일본의 객실에서 상좌 한곳의 바닥을 약간 높여 꾸며놓은 곳. 장식품이나 꽃꽂이를 놓기도 하고 족자를 걸 때도 있다.)가 있고, 면적은 다다미 여섯 장에, 창문 쪽에는 마룻바닥이 깔린 널찍한 툇마루가 있다. 2인실 치고는 조금 좁지만 오래된 것 치고는 청소가 잘 되어 있었다.

그 한복판의 좌식 탁자 앞에.

방석 틈에 얼굴을 파묻은 기묘한 자세로 굳어버린 야야가 있었다.

"이, 이럴 수가…… 제가 방을 나올 때까지는 분명 팔팔했는데! 이 수수께끼는, 제가 반드시 풀겠어요. 야야 씨의 희생을 결코 헛되이 하지 않겠어요……."

"탐정 되고 싶다고 사람 죽이지 마라."

완전히 곯아떨어졌다. 그리고 보니 어젯밤에는 못 잤다고 했지.

잠든 얼굴이 참으로 무방비하다. 새근새근새근새근, 조용한 숨소리가 들려온다. 스커트도 밀려 올라갔다. 몸가짐에 좀 신경을 써다오. 세상에는 좋은 로리콘만 있는 게 아니란다.

"이 계절에는 감기 걸릴 텐데."

벽장에서 이불을 꺼내 덮어주었다. 덤으로 허리 아래도 가려져, 이로써 사회인의 위험물은 사라졌다.

"텐진 선생님, 역시 야야 씨한테는 이상하게 다정하신 것 같아요……."

세이카가 복잡한 표정으로 끙끙거렸다.

"왜 그렇게 되는데. 너도 자고 있으면 걷어차서 이불 더미 속에 다이빙시켜줄 거다."

"……그런 점을 말하는 건데요?"

나를 빤히 위에서 아래까지 내려다보고, 세이카는 검지를 입가에 가져다 댔다.

"뭐, 좋아요. 애들은 잠들었으니 이제부터는 어른들의 시간이네요, 텐진 선생님?"

"그러냐. 난 이만 간다."

"전 밥 먹기 전에 목욕할게요. 구멍이란 구멍, 구석에서 구석까지 깨끗이 하고 오늘 밤은 한껏…… 아시겠죠?"

"그러냐. 난 이만 간다."

"후후, 세이카의 흐트러진 유카타 모습을 상상하셨나요? 남자들은 애태우는 데 약하니까요. 귀여워라……."

"그러냐. 난 이만 간다."

"그러면 잠시만 참아주세요. 목욕 완료 스타일을 기대하시면서!"

세이카는 타올과 유카타를 바구니에 담고는 스킵스킵 쏜살같이 아래층의 욕탕으로 달려갔다.

이 자식 가끔 소악마 행세를 하려 들면서 내가 하는 말을 전혀 듣지 않으니 단순히 커뮤니케이션이 부족한 괴상한 인간이 되는구나.

"진짜 갈 거다, 난……."

어이가 없어 복도를 나왔을 때.

세이카의 옆방 문이 둔중한 비명을 지르며 열렸다.

토에였다. 세이카와 둘이 여행을 와서 각각 따로 2인실을 잡은, 토카이도 기행 콤비 중 하나.

그런데——

"……야, 얼굴이 왜 그래.

"살려줘, 텐진……."

안 그래도 색소가 희미한 북유럽 피부가 지금은 귀신처럼 창백하다.

"……이 이상 양심의 가책을 견딜 수가 없어……."

토에는 비실비실 기듯 복도로 나왔다.

그녀의 입술이 부들부들 떨리며 말을 이었다.

"——그 사람을 해친 건, 아마도 나일 거야."

꺼져 들어가는 듯한, 고뇌로 가득 찬 목소리였다.

비는 아직도 그치지 않는다.

세이카와 같은 구조의 다다미방에서, 이불로 몸을 만 토에가 떨리는 목소리로 말했다.

"나, 나, 범죄자가 돼버렸는지도……."

농담으로 치부하기에는 너무나 박진감 넘치는 동요였다.

아니, 애초에—— 오이천국의 족탕에 나타났을 때부터 이 녀석은 계속 분위기가 이상하지 않았던가.

"그 사람이라니, 아까 만난 시베리? 해쳤다는 게 무슨 소리야?"

"이, 일부러 그런 거 아니야…… 일부러 그런 거 아니었어……."

"진정해. 괜찮아. 무슨 일이 있었는데?"

부들부들 떠는 어깨에 손을 가져다 대자 이불 안에서 애원하듯 내 무릎에 매달린다. 차갑고 조그마한 손이었다. 여기에 악의가 있다고는 생각하기 힘들었다.

"당신을 찾았다고, 야야야 야야한테서 연락이 왔을 때. 난 그 천하태평 고양이하고는 따로 행동하고 있었는데."

호칭에는 악의가 있구나. 공황상태에 빠져서도 세이카에 대한 적의는 본능적으로 갖춘 모양이다. 이러니 세상에서 전쟁이 사라지지 않지.

"지도를 보면서 갔는데, 길을 잃어버려서……."

"넌 방향감각 없으니까……. 아니, 근본적으로 할 수 있는 게 거의 없지……."

"하?"

무셔. 어떤 상태에서도 반사적으로 위압감을 날리다니 무자각 전투머신이냐고.

아무튼 저무튼 토에는 비가 내리는 가운데 오이천국의 뒷산을 헤매고 있었다고 한다.

아래쪽에 족탕의 천막 지붕이 보여서, 오솔길을 따라 곧장 내려가려 했을 때.

『위험해──!』

거목 뒤에 멀거니 서 있던 시베리와 요란하게 부딪쳐버렸다고 한다.

"나도 그 충격 때문에 미끄러져 떨어졌지만. 그 사람은, 그때 이미 의식을 잃었던 건지도 몰라. 내가, 그 사람을, 다치게 해버렸는지도 몰라……."

토에는 부들부들 떨며 나를 올려다보았다.

이불 속에서 머리도 팔다리도 한껏 움츠린 것이 울퉁불퉁한 짝퉁 오뚝이 같은 실루엣이다.

"이, 이거, 무슨 범죄에 해당돼? 난 역시 알몸으로 벗겨

져서 십자가에 묶인 채 사흘 밤낮으로 돌을 맞고 마지막에
는 돼지밥이 되는 거야……?"

"하드한 중세 판타지 세계관에서 온 전생자세요?"

"그, 그렇지만 돌이킬 수 없는 짓을……. 모모카도, 범죄
자의 동생이라는 낙인을 짊어지고, 평생 늑대 후드를 벗지
못하게 될 거야……."

"너 그 후드 스타일 싫어했냐?"

토에는 이를 제대로 다물지 못했다. 이야기도 제대로 못
했다. 어두운 망상은 평소보다도 훨씬 빛을 발했다.

"당신도 경멸했을 거 아냐. 내가 이런 사건을 저질러서
놀랐을 거 아냐."

"아니, 별로?"

실제로 사건인지 사고인지 하는 문제는 있지만.

"범인이란 게 정말로 있다고 치고, 정말 너일까 생각하
고 있었는데."

"에, 어째서……. 역시 내가 쓸모없고 돼먹지 못하고 몸
만 쓸데없이 성장한 쓰레기 찌꺼기라서, 하다못해 살인 정
도는 할 수 있는 인간이 되라는 뜻……?"

"아? 왜?"

"네 네 알았어요 알았어요, 당신을 위해 범죄자가 되면
되잖아요, 누구부터 죽이면 될까? 들고양이? 도둑고양이?
어떤 고양이?"

"망상에 빠져서 적반하장으로 화내다가 날 살인교사에

끌어들이지 말아 줄래?"

그리고 그 어떤 순간에도 세이카의 목숨을 노리는 것도 관둬줄래?

토에의 범죄 고백에 놀라지 않았던 건, 이미 예상했기 때문이었다.

시베리는 자가용을 호텔에 세워두었으므로, 하코네에 올 때 전철을 이용하지는 않았을 것이다.

하지만 베갯맡에 놓인 페트병의 라벨은 로망스 카의 차 내 판매 전용이었다. 세이카와 토에가 이마로 캐치볼을 하던 것이다.

잡목림에서 접촉했을 때 시베리의 가방에 들어가기라도 했나보지.

덤으로 시베리가 잠들기 전에 하려 했던 말이 있다.

만약 책임의 소재가, 그 자리에 있던 자들 중 누군가를 가리키는 것이었다면, 나와 꽤 오랫동안 함께 있었던 세이카와 야야에게는 알리바이가 있다.

결론적으로 범행이 가능했던 것은 토에밖에 없다.

누구나 알 수 있을 만한 논리다. 이런 건 추리가 아니라네, 왓슨 군.

처음부터 진실은 눈앞에 굴러다니고 있었던 것이다.

자수한다 자수한다 소란을 떨어대는 토에를 달래느라 한동안 시간을 잡아먹었다.

목숨은 소중히 해야지. 그대로 두면 아시노코 호수에 다이브할 것 같았으므로 절충안 삼아 시베리에게 직접 사과하는 것으로 타협을 보면 어떨까를 생각했다.

하지만 본인은 아직 자고 있을 것이다. 보낸 메시지에 반응이 없다.

"자, 그럼 어떻게 한다……."

나는 로비에서 팔짱을 끼었다.

배고프다. 곧 저녁때다. 돌아가서 밥을 먹고 싶기도 한데.

어린아이처럼 엉엉 우는 토에를 내버려 두는 것은 아무리 그래도 인도주의에 어긋나는 일이 아닐까. 언니좋아맨 모모카에게 칼 맞을 가능성이 높다. 내 목숨도 소중히 해야지.

시베리가 밤까지 회복돼서, 토에와의 타협을 마치고, 그 길로 돌아가는 것이 제일 좋을 텐데——

"텐진 선생니임. 이런 데서 무슨 생각을 하시나요."

생각에 잠긴 머리에 달짝지근한 목소리가 내려앉았다.

등나무 의자에 앉은 상태로 고개를 드니, 위에서 나를 덮듯 흑발의 그림자가 드리워졌다.

목욕을 마치고 나온 세이카였다.

따끈따끈 상기되어 동그스름한 피부가 삶은 달걀처럼

반들반들해졌다. 틀어 올린 머리카락 덕에 가녀린 목덜미가 잘 보인다. 뺨은 평소보다도 붉게 물들어 지금까지 봤던 세이카 중에서는 제일 요염했다.

"혹시나 텐진 선생님, 절 기다려주신 건가요? 한껏 넋 놓고 봐주세요. 잘 어울리죠? 오비를 잡아당기고 싶어졌나요?"

세이카는 소매를 입가에 가져다 대고 키득 웃었다. 유카타를 입은 허리가 나긋나긋 굼실거렸다.

내가 보고 있었던 것은 몸이 아니다. 넌 진짜 자기 자신의 장점을 모르는구나. 하기야 그 민짜 체형에는 유카타가 딱 맞는다만······.

"오?"

목을 괴조처럼 기울이고 남의 이마를 쪼아대려 하는 세이카.

그 녀석을 두 손으로 막고 나는 어깨를 움츠렸다.

"택시라도 불러서 돌아가고 싶다만. 좀 그럴 수 없는 사정이 생겼다."

"사정, 이라고요. 혹시."

세이카는 흘끔 로비를 보았다.

할머니는 아직도 장식품처럼 프런트에 앉아 있었다. 정말 장식품인지도 모른다.

그 외에는 사람이 없는 것을 확인하더니,

"제가 목욕을 하는 절호의 기회에 그 들개가 텐진 선생님 곁에 없다니. 이 기묘한 현상과 텐진 선생님의 사정은 관계가 있나요?"

"너 진짜 감 좋다……."

"후후, 탐정에게는 필수 능력이니까요."

"넌 탐정도 되고 싶고 작가도 되고 싶고 미소녀도 되고 싶고, 되고 싶은 거 많아서 참 힘들겠다."

"뒤의 두 가지는 여유로 실현 중이거든요?!"

바둥바둥 발을 구르는 세이카는 내버려 두고.

이번에 못난이 명탐정 나리가 나설 차례는 없다. 내가 이미 사건을 해결했으니까.

"뭐…… 숨길 필요도 없겠지."

어차피 토에가 합의를 볼 때도 전해질 거고, 만약의 경우에는 같이 따라와주면 시베리도 좋은 대응을 해줄지 모르니까.

나는 하청 작가지만 세이카는 잘나가는 작가다. 편집자라는 아키타입은 하청에게는 이기지만 잘나가는 작가에게는 엄청 약하다. 잘나가는 작가가 번 돈으로 하청 작가가 먹고 산다. 작가 업계로 배우는 삼자견제구나.

그런 타산도 작용해서, 나는 오이천국에서 있었던 일을 짧게 설명했다.

물론 토에의 일류 부정적 망상 판단은 배제하고, 불행한 사고가 있었다는 정도의 설명이었다. 또 으스대면서 도발하면 귀찮아지니까.

그런데.

"⋯⋯⋯⋯네?"

웃어버릴 줄 알았던 빌어먹을 악마의 표정이 굳어버렸다.

"세이카? 왜 그래?"

"어, 아, 아뇨⋯⋯ 토에 씨가⋯⋯ 그런 일을, 오호호오호⋯⋯."

익숙하지 않은 아가씨 웃음을 뒤늦게 가져다 붙이고 로비의 급수대로 다가갔다.

"토에 씨도 참⋯⋯ 걱정도 팔자라니까요⋯⋯ 오호호, 오호호호⋯⋯."

철철철.

종이컵에 냉수를 따르지 못할 정도로 손이 떨리고 있었다.

엄청나게 동요하고 있잖아.

"너⋯⋯."

"저, 저기요! 긴히 드려야 할 말씀이 있는데요!"

그리고 손바닥을 흠뻑 적신 세이카가 그 자리에 정좌 & 고두.

완전히 숙련된 동작으로 로비의 마룻바닥에 슬라이딩 오체투지를 감행했다. 너희 집안에는 그런 사죄를 잘하는 부모님이라도 계시냐?

"잠깐, 잠깐 좀 기다려봐. 일단 진정할 시간을 줘."

내 제지를 무시하고 세이카가 꺼낸 것은,

"──그분을 해쳐버린 건 저인 것 같아요."

축 늘어진, 각오에 가득 찬 목소리였다.

한 가지, 세이카가 우리에게 말하지 않은 것이 있었다.

하코네 유모토 역에 처음 도착했을 때, 시베리와 접촉했다는 것이었다.

『친절한 분께서 텐진 선생님의 위치를 가르쳐주셨지 뭐예요.』

내가 아지사이바시 다리에 있다는 것을 어떻게 알았냐고 물어봤을 때, 그녀는 이렇게 대답했다.

그『친절한 분』이 시베리였던 것이다.

"역에서 토에 씨하고 일단 헤어진 후, 눈앞의 인도에 낯익은 얼굴의 시베리 씨가 계셨으니까요. 저도 모르게 말을 걸어버렸어요."

세이카는 의기소침한 태도로 중얼거렸다.

"여행을 온 경위를 말씀드렸더니, '텐무슨선생님이라면 조금전에봤는데요', 하고 시베리 님이 말씀하셔서요."

시베리 녀석, 내 필명을 세이카에게 숨겨준 건 좋지만,

분명 내 본명은 기억나지 않았던 거구만…….

"그래서, 아지사이바시까지 왔다고?"

세이카보다도 먼저 시베리가 우리를 발견했다는 뜻인가.

어제오늘 알고 지낸 사이도 아니고, 담당 편집자니까 말을 걸어주면 좋았을 텐데, 왜 무시했을까.

"시베리 님도 휴가를 내셨던 거겠죠. 휴일에 일부러 거래처 사람하고 얼굴을 마주 하고 싶지 건 잘 알아요. 그런데도 제가 억지로 부탁을 드리는 바람에……."

"부탁이라니?"

"그러니까, 텐진 선생님이 저희에게 질려서 그 자리를 떠나셨을 때요. 다시 같은 인도에 시베리 님이 서 계신 걸 봤거든요."

세이카는 그녀에게 날 찾는 것을 도와달라고 했다.

하코네 유모토 역 부근은 고저차가 심하다. 높은 곳에서부터 찾아다녀야 효율이 좋지만, 낮은 곳을 뛰어다녀야만 눈에 들어오는 골목도 있다.

"제가 아래쪽을 돌아다닐 동안, 시베리 님께는 될 수 있는 대로 높은 곳에 가서, 텐진 선생님의 모습을 발견하면 연락을 달라고 부탁드렸어요……."

대가는 미개봉 청량음료—— 로망스 카 한정 페트병이었다.

세이카도 필사적이었던 것이다.

나와의 문제를 오늘 안으로 수습하고자.

"이건 나한테도 책임이 있구만⋯⋯."

"아니에요. 텐진 선생님께 막무가내를 부렸던 건 저고, 시베리 님께 무리한 부탁을 드렸던 것도 저예요. 거절하지 못하실 걸 이용해버렸어요."

세이카는 아랫입술을 깨물며 말했다.

못난이에 빌어먹을 모습이 강렬하다 보니 이따금 의심하게 되지만. 세이카는 썩어도 기대의 신인⋯⋯ 정도가 아니라 MF 문고 J 창립 이래의 대 히트작가다.

신입사원이나 마찬가지이며 실적도 거의 없는 시베리가 거역할 수 있겠는가.

"아마 시베리 님은, 그래서 잡목림에 가셨을 거예요. 야야 씨에게 발견 소식을 들었을 때, 얼른 연락을 드렸으면 좋았을 텐데."

타임 랙이 생겨나고—— 그리고 사고가 발생했다.

"제가 떼를 쓰지 않았으면 시베리 님은 그렇게 위험한 곳에 계시지 않았을 거예요. 애초에 토에 씨가 정말로 부딪쳤는지 어떤지도 확실하지 않잖아요?"

"뭐, 그건 그렇다만."

"시베리 님은 단순히 혼자 발이 미끄러졌던 건지도 몰라요. 그래도 불행한 사고라고는 할 수 없어요. 범인은 여기 있다는 걸, 저야말로 범인이란 걸, 저는 자각하고 있었는데도."

"그럼 아까 했던 말은 범행 자백이었냐고……."

"다행히 많이 다치신 건 아니라는 말을 듣고 완전히 긴장이 풀려버렸던 거예요."

세이카는 고개를 숙였지만, 그래도 강한 의지를 담아 나를 올려다보았다.

"이번 사건은 전부 제 책임이에요."

저녁 식사는 1층의 홀에 마련되었다.

낡은 여관의 손님은 우리뿐이었을 것이다. 전부 4인분. 꾸벅꾸벅 졸던 할머니가 주방에 뭐라고 전달해줬는지, 나와 야야의 몫까지 준비되었다.

하기야 세이카와 토에가 각각 2인분 방을 예약했으니 당연하다면 당연하지만.

"불행 중 다행이랄까 뭐랄까. 이 튀김 꽤 맛있네. 회는 종류가 다양하고, 전골까지 있어. 숨은 명당 찾아낸 거 아냐?"

내 말에 대답하는 이는 없었다.

원래 적극적으로 여러 사람과의 대화에 참가하지 않는 타입인 야야는 그렇다 쳐도.

"……——."

"——……."

비장한 표정의 세이카와 비참한 표정의 토에가 저마다 사형수처럼 입을 다문 채 밥을 먹기만 할 뿐.

식기가 부딪치는 소리밖에 들리지 않는, 초상집 같은 저녁 식사였다.

기껏 온천 여관에 왔는데 서정 따위 한 조각도 없구만.

"나 원……."

어떻게 할까 팔짱을 끼었을 때, 스마트폰이 진동했다.

초대 담당자에게서 온 메시지였다. 새로운 문제가 발발해 연락이 늦어졌다는 사과와 함께, 이쪽은 잘 되고 있는지 물어본다.

"……잘 되고 있냐고."

이쪽은 이쪽대로 문제가 생겼다만? 설마 제자들의 범죄 고백에 말려들었으리라고는 생각도 못 하겠지. 예상했다면 네가 진범이다.

"미안. 잠깐 전화 좀 하고 올게."

나는 정장 재킷을 걸치고 일어났다.

이 자리에서 담당 편집자와 이야기를 나눌 수는 없다. 하코네 취재의 성과 따위 하나도 건지지 못했지만.

홀을 나와 그대로 복도를 가로질렀다.

툇마루에서 나막신을 신고 처마 밑으로 나왔다.

안뜰은 빗소리로 가득했으며 발끝에서는 물안개가 피어났다. 밤의 색이 배어들어 세상이 멀어져가는 듯한 착각이

들었다.

어쩐지 거대한 미로 속에 흘러든 소동물 같은 기분이었다. 나는 어디에 서 있는 걸까?

"아니…… 일단은 전화."

스마트폰을 꺼냈을 때, 갑자기 누군가가 어깨를 두드렸다.

돌아보니 흐리멍덩한 얼굴이 복도의 노란 전구 밑에 서 있었다.

야야다.

"텐군. 그 전에 야야가 하고 싶은 말이 있어."

그 억양 없는 목소리를 들은 순간 나는 창졸간에 귀를 막았다. 어째서인지 그 다음 말을 엄청나게 듣고 싶지 않은 기분이었다.

"아까 시베리 말인데."

하지만 이 독자 이론 작가가 내 사정을 참작해줄 리 만무했다. 듣고 말고는 내 문제지 야야의 문제는 아니니까.

야야는 똑바로 날 바라보며,

"──그 사람을 해쳐버린 건, 야야인 거 같아."

담담하고 그저 고요한 목소리였다.

아아, 너도냐 브루투스. 범인이 너무 많다…….

"이번 건 말인데, 야야는 시베리하고 사전에 상담했어."

하코네 여행 바로 전 회의 때, 스스로 의제를 꺼냈다는 것이다.

이번 건이란 무엇인가.

말할 것도 없이, 나의 초대 담당자—— 현 암리타 문고의 편집자와, 일을 할지도 모르겠다는 건에 대해서였다.

"그러고 보니 3년 룰, 내가 말한 걸 기억하고 있었지."

"응. 시베리한테 말했더니, 그런 관습이 있다는 건 부정하진 않았어."

"뭐, 대상 수상자가 3개월 만에 다른 데로 가버리면 힘드니까……."

"그래서 하코네 건은 미리 가르쳐주지 않으면 나중에 문제가 될 거 같았어."

수상작 출신은 3년 동안 다른 출판사에서 일을 해선 안 된다.

작가에게는 족쇄가 되는 이 불문율은 출판사 측의 입장에서는 지극히 당연하다. 앞으로 어떻게 될지 모를 아마추어를 데뷔시키는 것은 큰 위험성이 따르니까.

여기에 들인 코스트 정도는 회수해야 심정적으로 보답을 받는 것이다.

"그 마음은 잘 모르겠고, 지금도 비논리적이라고 생각하지만."

"수긍하지 못하는 일인데도 야야가 배려를 할 수 있게 되다니…… 대단해 훌륭해 똑똑해. 정말 노력했어. 착해 착해."

나도 모르게 부드러운 금발을 쓰다듬었더니 무표정하게 오른쪽에서 왼쪽으로 고개를 휙 돌려버린다.

"텐군은 가끔 징그러운 아저씨 무브를 해. 함부로 쓰다듬지 마."

"넌 가끔 진심으로 완전 신랄한 소릴 하는구나……."

"그렇지만 여기에는 논리가 없는걸. 설령 텐군이라 해도 목적 없는 육체적 접촉을 야야는 선호하지 않으니까."

"……미안하다."

중학생은 천차만별이라 어렵다. 구별하지 못하는 아저씨는 되고 싶지 않다, 진짜로.

아무튼.

『상을 준 MF 문고 J하고 싸우고 싶은 건 아니야.』

초대 담당자에게도 야야는 그렇게 말했다.

이차원의 논리 구조를 가진 괴상망측 소녀라 해도 타인의 심정을 고려하는 마음을 가지지 않은 것은 아니다.

그렇고말고. 감정이 없다고 우기는 야야에게도 확실하게 감정이 있는 것이다.

아마 시베리의 입장도 잘 이해해주었던 거겠지.

"물론 논리정연하게 말했어. 이런 식으로——."

『첫째, 당신의 편집자 능력을 야야는 모르겠다.

둘째, 다른 작가에게서도 당신에 관한 의견을 들었다.

셋째, 앞으로는 암리타 문고의 편집자와 일을 시작하겠다.

넷째, 야야와 당신은 한동안 연락이 끊어질 것이다.

마지막으로, 일련의 경위를 편집장에게 숨김없이 전해주기 바란다.』

"100퍼센트 절연 선언이잖아?!"

"?"

야야는 고개를 갸웃했다.

어디가? 하는 표정 짓지 마라.

첫째로 담당 편집자를 의심했고, 둘째로 남에게 의견을 구했고, 셋째로 다른 레이블로 이적하겠다고 선언했고, 넷째로 연락을 차단했고, 마지막으로 편집장에게 보고.

시베리를 명확하게 잘라버리겠다는 발언 아니냐고.

"왜 그런 소릴 했어……."

"첫째로, 시베리가 정말로 좋은 편집자인지, 신인인 야야가 알 방법이 없다는 건 당연한 일이야. 둘째로, 그 점에 대해 텐군의 의견을 물어본 것도 사실."

『텐군은 그녀를 신뢰해?』

전에, 분명 그런 대화를 나눈 적이 있다. MF의 본사 건물에 인접한 북 카페에서, 3년 룰 이야기가 처음 나왔을 때였다.

　"편집자에 관해 물어보는 건, 돌고 돌아 오해가 커지는 원인이 돼. 상대에 대해 이야기를 나눴다고, 직접 자신의 입으로 전달할 수 있는 관계가 최선. 내 말 틀렸어?"

　"틀리진 않았다만, 틀려먹었다고……."

　"난해한 발언. 어디가 문제?"

　"말하는 태도에 좀 문제가 있었달까."

　"셋째로, 암리타 문고의 기획은 아직 공공연히 말할 수 없지만 하코네 취재 여행만은 결정됐어. 넷째로, 야야는 하코네에 처음 가봐. 휴대폰 전파 사정이 나쁘다고 인터넷에서 봤으니까 연락이 안 될 가능성도 언급했어."

　"그것도 말하는 태도에 문제가 있어."

　"마지막으로, 사람만 보면서 교섭을 하는 건 비즈니스인으로서 실격이야. 거래처 사람이 누구로 바뀌더라도 지속적으로 교섭할 수 있도록, 부서의 상사와 정보를 공유할 것을 부탁했어."

　"이건 완전히 말하는 태도에 문제가 있어!"

　"……텐군은 태도 매너 강사야. 인터넷에서 미움받는 타입. 아주 안 좋아."

　야야는 부루퉁하게 입을 다물었다.

　"왜 네가 화를 내고 있어?!"

나는 그녀의 어깨를 잡고 덜컥덜컥 흔들었다. 이 자식 가끔 감정을 노골적으로 드러내네.

"으가으가으가…… 화난 적 없어."

저항하지 못하고 흔들리던 야야는 흐리멍덩 고개를 가로저었다.

"아마, 텐군의 말이 맞을 거야. 넋이 나가버렸던 시베리의 얼굴을 기억해. 소중히 여기던 개집이 불탄 걸 본 대형견 같았어."

"그건 나도 스트레이트로 상상이 간다……."

"문제를 회피하기 위한 발언이 잘못된 의미를 띤 건 야야의 본심이 아니야. 그래서 취재 여행 일정을 전하고."

"……전하고?"

"만약 궁금한 게 있다면, 시베리도 오라고 했어. 자세한 내용은 암리타 사람하고도 같이 현지에서 말하자고."

"그, 그래……."

암리타 문고에서 주최한 취재에 MF 문고 J의 편집자가 어째서인지 난입한다. 그 자체가 이미 문제 발생인데.

"그렇구나. 그래서 시베리가 하코네에 나타났던 거였어."

하코네는 특이점도 뭣도 아니고.

모두가 와야 해서 왔던 것뿐이었다.

그러고 보니 세이카가 그랬지──

『텐무슨선생님이라면조금전에봤는데요' 하고 시베리 님이 말씀하셔서요.』

『다시 같은 인도에 시베리 님이 서 계신 걸 봤거든요.』

——이건, 고민하고 있었던 게 아닐까.

나와 야야가 함께 있는 모습을 발견하고, 자신의 담당 작가가 둘이나 암리타 문고로 이적하려는 건가 추측해서.

마침 우리에게 연재 조기 중단 통고를 내린 타이밍이었다. 짚이는 구석이 싫어도 있었겠지.

시베리는 분명 엄청나게 동요했을 것이다.

우리에게 말도 걸 수 없을 만큼.

"야야는 시베리의 기분을 몰라. 인간으로서 결함이야."

자학하는 것도 아니고, 야야는 그저 사실을 사실 그대로 인정한 듯 말했다.

"하지만 시베리하고는 그날 이후 연락이 뚝 끊어지고 말았어. 그래서 상처를 주고 말았던 건지도 모른다고, 야야는 생각했어."

"그건…….."

"시베리는 하코네에 와주기는 했지만, 그 시점에서 거의 기력을 잃었을 가능성이 있어. 오이천국 근처에서 빈혈을 일으키고 말 정도로. 야야는 이유를 알 수 없는 일이지만, 모르는 일이니까 그거야말로 야야가 잘못했던 거라고 생각해."

"……넌 정직하구나."

"이 일을 텐군에게 어떻게 말해야 할지, 저녁 먹을 때까지 계속 생각했어."

"아? 저녁 먹을 때까지 계속? 생각해?"

"무슨 의미."

"중간에 곯아떨어지지 않으셨나요?"

세이카의 방에서, 방석 틈에 머리를 박고 쿨쿨 새근새근 잠들었던 걸 기억한다. 이런 데선 정직해지자 우리?

"야야는 안 잤어. 의식은 각성한 상태였지만 몸이 움직이지 않아서 눈을 뜨는 게 자신의 의지로는 어려웠을 뿐."

"그런 상태가 가끔 있긴 하지. 나도 그럴 때 있고. 일반적으로는 그게 수면의 범주에 들어가거든? 넌 분명 자고 있었어."

"텐군은 무례해. 논리적인 명상을 모욕했어."

"네 논리는 네 세계 안에서만 통하는구나……."

"지금은 그런 이야기를 할 때가 아니야."

무표정한 중학생에게 야단을 맞았다. 내가 잘못했냐? 내가 잘못했구나. 야야신은 언제나 정론만 말하니까.

야야는 노란 알전구를 흐리멍덩한 눈으로 올려다보았다.

"시베리에게 정신적인 대미지를 입혔어. 그 사실을 인정해."

그리고 조용히 눈을 깜빡였다. 재판장의 의사봉 소리를 기다리는 피고인처럼.

"이번 사고에서, 만약 누군가에게 책임이 있다면—— 그건, 야야."

터무니없는 여행이 되고 말았다.

홀의 문에 기대서, 나는 머리를 벅벅 긁었다.

로맨스 카를 탄 야지로베와 키타하치의 재미나고 우스운 도락 여행인가 했더니, 등장인물 전원 용의자인 오리엔트 특급 쪽이었을 줄이야. 역시 뭐든 쓸 수 있는 짓펜샤 잇쿠. 일본 최초의 프로 작가일 만해!

……그런 소린 됐고. 겸업 작가인 내가 재미있어할 때가 아니다.

난 작가인 동시에, 썩어도 강사다.

제자들이 고민하고 있다면 그 무거운 돌을 치워주는 것이 나의 생업.

야야가 돌아간 홀에서는 아무 소리도 들리지 않는다. 용의자들이 나란히 모여 자신에게 내려질 심판을 기다리는 것이다.

"하는 수 없구만……."

디스플레이에 떠올랐던 초대 담당자의 휴대전화 번호를 꺼버리고, 나는 시베리에게 메시지를 보냈다.

셋 중 누구에게 책임이 있든, 우선은 확인을 해야만 한다. 상대가 사태를 어떻게 인식하고 있느냐에 따라 이야기는 크게 달라질 것이다.

즉시 메시지가 읽음 상태로 바뀌었다.

시베리는 이미 일어나 있었던 모양이었다. 답신이 왔다.

두세 마디 짧은 이야기를 나누는 사이, 스마트폰에 착신.

"아, 시베리 씨. 몸은 좀 어때요?"

『앗저기네…… 네에이젠아무렇지도않아요컨디션만점 이고…….』

회선 밑바닥에 달라붙는 듯한 목소리였다. 대량의 납을 위장에 삼킨 듯한.

말과는 달리 별로 좋지 않은 건지도 모르겠다.

"오래 붙잡지는 않을 생각인데, 잠깐 시베리 씨에게 물어보고 싶은 게 있어서요."

『앗앗죄송합니다저도드리고싶은말씀이.』

"시베리 씨가요? 뭔데요?"

『앗저기별로텐데선생님께는좋은이야기가아닐테지만역 시정식으로말씀드려야만할것같아서이번사건에대해.』

"……이번 사건. 사고가 아니고요."

『앗앗네맞아요.』

왔구나, 싶었다.

잠들기 전의 시베리가 하려 했던 말이다.

『만약에사실은빈혈이아니고…… 누군가에게책임이있는 거라면——.』

그녀는 명확히, 책임의 소재를 인식하고 있었던 것이다.

나는 침을 꼴깍 삼켰다.

지금 이 자리에서 세이카와 토에와 야야 세 아이의 운명이 결정된다.

『정말로폐를끼쳐드렸습니다자살이었어요.』

시베리는 무거운 한숨을 쉬며 말했다.

"……네?"

자살? 뭐가? 누가?

『앗저기그게아니에요그런의미가아니고정신적인의미로그게편집자로서의자살이라고나할까요이번사건의책임은전부시베리라는언간에게있어요.』

"자, 잠깐만 기다려주세요. 무슨 말씀인지 하나도 모르겠어요."

진흙탕으로 가라앉는 듯한 시베리의 목소리를 가로막고 나는 스마트폰을 노려보았다.

오이천국에서 일어난 전도사건이 왜 편집자로서의 자살 같은 말로 이어진단 말인가.

아무래도 이상하다.

애초에 『이번 사건』의 대상이 어긋나 있는 거 아닐까?

"시베리 씨는, 뭐에 대해 말씀하시는 건가요?"

『앗그게이번의——야야야선생님과텐데선생님이저같은편집자에게정이떨어지셨던건에대해서예요.』

말문이 막혀버린 나를 내버려둔 채.

시베리는 나의 초대 담당자 이름을 언급했다.

『야야야선생님께말씀을들은후에그분과의견을교환하는
자리를가지고──제부족한점에대해깨달았어요.』

또다시, 깊고 깊은 한숨. 스마트폰 저편에서 끄응 소리
를 내며 몸을 웅크리는 시베리안 허스키의 환영이 보였다.

그렇구나.

시베리는, 초대 담당자와 직접 이야기를 나눴던 거였어.

그건, 정말── 호되게 당했겠지.

나도, 그놈에게.

말로 흠씬 두들겨 맞았으니까.

"나하고 일을 한다고 너한테 메리트가 생길 거란 생각은 안 드는데."

하코네에 오기 얼마 전, 철판구이 가게에서 삼자대면을 했던 날.

나는 오랜만에 폭음을 했다.

야야를 먼저 돌려보내고, 초대 담당자와 둘이서 다른 술집에 갔던 것이다.

"너하고 둘이서 세상에 내보냈던 텐데 타로 데뷔작——『울보 뱀파이어』는 안 팔렸잖아. 왜 이제 와서 날 찾는지, 그 이유를 모르겠어."

나는 초대 담당자의 얼굴을 보지 않고 잔만 노려보았다.

신주쿠 가부키쵸에 있는 싸구려 선술집이 아닌, 훨씬 고급스러운 바였다. 모르는 음악이 흐르고, 모르는 술이 늘어서 있다. 마셔도 마셔도 취하지 않았다.

"작가는 판매량이 전부야. 지금 네가 담당하는 『사장』하곤 모든 면에서 다 달라. 안 그래?"

그 녀석처럼 데뷔작의 후속편을, 자기가 정말로 쓰고 싶은 이야기를 몇 권이고 몇 권이고 남들이 바라는 대로 써 보고 싶었다. 많은 사람이 재미있다고 즐거워해 주기를 바랐다.

──고는 입이 찢어져도 말할 수 없었지만.

"『울보 뱀파이어』는 안 팔렸다, 는 말에는 어폐가 있군."

초대 담당자는 오랜만에 입에 담았을 것이 분명한 제목을 신중하게 혀 위에 굴렸다. 마치 오래된 도자기를 다루는 골동품상처럼.

"그야 히트한 건 아니었지만, 실패라고 할 정도도 아니었어. 네가 멋대로 주위와 비교하고 후속편의 허들을 높였을 뿐이지. 3권 이후로도 계속 낼 수 있었어. 이쪽에서 먼저 중단하자고 말한 적은 한 번도 없었을 텐데."

"『낼 수 있었다』. 그랬으면 어떻게 됐을까."

"……어떻게 됐냐니?"

"너는, 편집자는, 회사원이야. 담당작이 팔리든 안 팔리든 월급이 계속 나오겠지. 라이트노벨 작가한테는 그게 없어. 안 팔리는 작품을 계속 쓰는 건 기회손실이야. 빨리 덮어버리고 새 주사위를 던지는 건 당연하잖아."

"『울뱀』은, 좋은 이야기였어. 누가 뭐라고 해도, 좋은 이야기였어."

초대 담당자의 목소리가 낮아졌다. 도자기 골동품상이 아니라 애호가였나 생각했다.

"나는 거기에서 분명히 네 재능을 느꼈어. 더 이어졌어야 했어. 독자를 위해, 무엇보다도 너 자신을 위해. 그걸 기회손실이라느니 새 주사위라느니, 그런 시시한 소리는 하지 말아줘……."

"너야말로 실속 없는 소리는 하지 말아줘. 편집자한테는 수많은 작품 중 하나여도 라이트노벨 작가한테는 하나하나가 다 자기 자식이야. 안 팔리는 괴로움도, 끝내는 분함도 나만이 알아. 회사원이 진정한 의미에서 이해할 수 있겠냐고."

"나는! 그딴 마음으로! 너하고 함께 했던 적은 한 번도 없어!"

카운터 테이블을 거세게 후려치는 소리가 났다.

놀라 옆을 보았다. 초대 담당자는 자신의 주먹을 바라보며, 스스로도 놀란 것처럼 눈을 크게 뜨고 있었다.

이윽고 천천히 주먹을 풀고는 나를 보았다.

"『울보 뱀파이어』라는 수상작은 말이야, 내가 편집자가 돼서 처음으로, 아무것도 모르는 상태에서 혼자 담당했던 이야기였어. 수많은 작품 중의 하나일 수 있겠냐?"

"그런 말은…… 처음 들었어."

"말하고 싶지 않았으니까. 네가 개인적인 감정이 들어갔다고 생각할까 봐. 너하고 얘기하고 있으면 자꾸 옛날 생각이 나서 안 되겠어. 이래 봬도 이젠 중역인데."

"……출세 축하한다."

"고맙다. 적응 안 되네, 이런 거."

그렇게 말하며 훗 웃는 얼굴은.

데뷔 전에 나와 어깨를 끌어안고 괴상한 기염을 토하던 시절과 정말로 똑같았다.

옆자리에 시끄러운 젊은이 두 명이 앉았다. 한껏 발돋움을 해 고급스러운 가게를 찾아온 대학생인지도 모른다. 꿈을 꾸는 사회 초년생인지도 모른다.

떠들썩하게 자기들만의 스토리를 이야기한다.

"그때 너한테도 분명 말했던 것 같은데."

그들과 비슷한 목소리로, 초대 담당자가 내게 얼굴을 가까이했다.

모르는 음악이 멀어져간다.

그 대신 떠들썩하고 그리운, 가부키쵸의 잡음이 귀에 와 닿은 듯한 착각이 들었다.

"신인의 첫 작품 매상은, 100퍼센트 패키지로 결정되는 거다. 뒤표지의 줄거리나 띠지를 포함한 토탈 패키지. 네 데뷔작의 패키지를 결정한 건 누구였냐?"

"……편집자, 겠지."

"그래. 다시 말해 내 책임이야. 1권 매상하고 내용물의 완성도는 전혀 상관이 없어. 작가의 책임은 어디에도 없다고."

"……그렇지는……."

"너하고 싸웠을 때, 난 반드시 실패를 만회할 테니까 더 굉장한 걸 쓰자고 했던 것 같은데. 하지만 네게는 신뢰를 얻지 못했지."

나는 쓴웃음을 지었다. 고개를 가로저었다.

"……그런 거 못 해. 누굴 믿는 것도, 믿음을 주는 것도."

작년 여름방학이었던가.

현실의 신뢰는 모두 무의미하다고, 북유럽에서 온 소녀와 함께 비를 맞으며 생각한 적이 있다.

누구를 믿는 것도, 누군가가 나를 믿는 것도, 똑같이 받아들일 수가 없다.

"그게 아니야."

초대 담당자는 갑자기 진지한 표정을 지었다.

이날 처음으로 시선이 마주친 것 같았다.

"나는 알아. 널 알아."

"그것참 대단하신 생각이네. 참으로 스피리추얼해."

"도망치지 말고 들어. 네가 못하는 건 남을 믿는 것도, 하물며 남에게 믿음을 주는 것도 아니야. **자기 자신을 믿는 거겠지.**"

"……."

"텐데 선생. 자신을, 자신의 재능을 믿어줘."

📖

2차 제안을 받고, 나는 내일 수업이 있다는 핑계로 거절했다.

다음에는 꼭 신주쿠로 가자고, 술에 취한 초대 담당자는 몇 번이고 되풀이했다.

그 모습을 멀거니 바라보며, 나는 계속 마음에 걸렸던

것을 물었다.

"야, 앞으로 나는 무슨 얘기를 써야 할 거 같냐."

그 이야기로 5년 전에 크게 싸웠다.

처음에 『우리는 우리가 믿는 재미난 이야기를 만들자』라고 맹세해놓고, 나는 팔리는 이야기를 만들어야 한다고 주의를 바꾸었으며, 담당자는 재미있는 이야기를 써야 한다고 계속 주장했다.

양쪽 모두 고집을 굽히지 않은 채 고집을 부렸고, 고집을 부리면서도 파트너였던 관계가 일그러졌다.

"……그때는 나도 어렸지."

그리고 초대 담당자는, 내 질문의 의도를 제대로 이해한 듯했다.

"지금의 생각을 말할게, 텐데 선생."

불안하게 흔들리던 몸이 우뚝 멈추었다.

"너는, 우선은 잘 팔리고── 그러면서도 재미있는 이야기를 써야 해. 작가의 숙원과 시장의 동향은 서로 양립할 수 있어."

"……욕심도 많다……."

"욕심 많아질 수밖에. 나는 팔기 위해서는 뭐든지 해. 세상이 원하는 걸, 재미있는 형태로 빚어내서, 팍팍 팔 거라고. 텐데 선생이 재미있는 얘기를 써주면, 반드시 팔 수 있어. 이번에야말로, 그래, 이번에야말로. 설령 악마에게 영혼을 팔아서라도, 그 이상으로 팔아주겠어."

강한 눈으로, 초대 담당자는 나를 정면에서 바라보았다.

"그러니까 텐데 선생—— 나하고 다시 같이 해보자."

그것은——

……완벽한 해답이었다.

오랫동안 원했던 대답이었다.

당시를 떠올리고, 나도 모르게 감상에 빠져버릴 정도로.

나에게도 많은 일이 있었듯, 초대 담당자에게도 지난 5년 동안 많은 일이 있었겠지.

세상에는 변하는 것과 변하지 않는 것이 있다.

초대 담당자의 적극성과 열량은 여전히 변함이 없었지만, 분명 무언가, 근간에 속한 부분이 바뀐 것 같았다.

"나는 하나도 변하지 않았어."

"……뭐?"

"아까 네가 『메리트』라고 했지. 나하고 일을 하는 메리트가 뭐냐고."

취기가 깼는지, 아니면 아직도 취한 채인지. 초대 담당자는 나를 길가로 불쑥불쑥 밀어붙였다.

"메리트와 디메리트를 따질 거면 애초에 편집자 같은 건 안 했어. 편집자는 말이야, 진짜로 괴롭기만 하다고. 작가 꽁무니 따라다니고, 작가가 저지른 짓 때문에 굽실거리고, 작가는 맨날 약속을 어기고, 그런데도 작가만 칭찬받고."

"어, 응……."

"학생 기분으로 일하는 물러 터진 것들한테 실실 웃으며 비위나 맞춰주고, 거장이 다 된 것처럼 자기 기분대로 일하는 것들한테 네네 고개 숙이고, 사소한 일에 고함 질러대고 발악하는 사회부적격자들 뒷감당 다 떠맡고, 꼭 마감 직전에만 연락이 안 되는 거짓말쟁이들한테 휘둘리고."

"응, 어, 이제 그만, 응⋯⋯."

그만하자, 응? 너무 본심이 나와서 내 마음도 괴로워지니까. 이 세상의 모든 편집자들에게 할복하고 사과하면 될까?

"하지만 말이야──."

날 벽까지 밀어붙인 초대 담당자가 내 손을 힘차게 쥐었다.

"──우리는, 재능의 노예야."

그 손은 타는 듯이 뜨겁고.

그 목소리는 타는 것보다도 뜨거웠다.

"아무리 인격이 뛰어난 인간이 쓴 이야기보다도, 제멋대로에 돼먹지 못한 인격파탄자가 낳은 이야기가 재미있는 경우가 더러 있어. 2바이트 문자열일 뿐인데, 어디에나 있는 단어일 뿐인데, 영혼이 꿰뚫려 버리는 그 충격. 너도 잘 알잖아?"

"⋯⋯그래──."

"『재미』만은, 논리가 아니야. 뭐라 해도, 논리가 아니라

3장 마더 구즈 119

고. 그 논리화할 수 없는 논리 때문에 우리 편집자는 피땀 흘려가며 일하는 거야. 재능의 노예는, 재미있는 이야기에는 거역할 수 없으니까."

재능의 노예.

그것은 자학 같으면서도 분명한 긍지가 느껴지는 말이었다.

자신에게는 재능을 간파할 힘이 있다는 뜻이니까.

"그러니까 말이야, 텐데 선생. 그런 신념을 가지고, 작가와 함께 일하기 때문에."

내 손을 쥔 힘이 무서울 정도로 강해졌다.

뼈가 아픔을 호소하며 삐걱댈 정도로.

"그 재능을 낭비하게 만드는 놈이―― 난 이 세상에서 제일 싫어."

📖

그날로부터 조금 시간이 지나, 오늘.

시베리와 전화를 하며, 나는 하코네의 밤길을 이동했다.

아까 막 배웅을 해주었던, 유넷선에 인접한 호텔에 도착했다.

중학생들이 묵는 너절한 여관과는 닮으려야 닮을 수도 없는 훌륭한 건물이지만, 경관을 배려해서인지 상야등은 매우 약했다. 하코네야마 산으로 빨려 들어가 버릴 것 같은 어슴푸레한 불빛이 빗속에 스며들었다.

커다란 짐승이 상처 입은 채 웅크린 것처럼 보였다.

"……일단은 그쪽으로 갈게요."

나는 시베리에게 말했다.

그녀의 이야기는 군데군데 알아들을 수 없는 부분이 있었으며, 이야기가 자꾸 앞뒤로 왔다 갔다 했다. 스피커에서 들리는 목소리도 작아, 괴로운 한숨 소리만이 웅어리져 딱딱하게 굴러나왔다.

직접 이야기할 필요가 있을 것 같았다.

"호텔 로비에서 얘기해요. 괜찮을까요?"

시베리는 아무 대답도 하지 않았다.

아무리 기다려도 로비로 내려오는 사람은 없었다.

야간의 대응을 위한 프런트에는 내가 시베리를 짊어지고 왔을 때 봤던 직원이 있었다.

투숙객이거나, 아니면 조금 전의 문제 때문에 왔다고 생각했는지, 엘리베이터를 타도 제지하지는 않았다.

8층 가장 안쪽에 시베리의 객실이 있다.

녹음이 아름다운 정원에 인접해 전망이 좋은 방이었던 걸로 기억한다. 밤의 장막이 드리워진 지금은 볼 수도 없겠지만.

"시베리 씨, 몸은 좀 어때요?"

객실 문을 두드리자 흠칫 몸을 떠는 기척이 느껴졌다.

아마 문 바로 너머에 있을 것이다.

"야야 선생의 절연 선언 말인데요. 그건 오해고요, 야야 선생이 말하는 태도에 문제가 있던 거예요. 뭐, 그렇게 말한 건 저고 야야는 적반하장으로 화를 냈지만요. 그 녀석은 초연한 주제에 가끔 감정을 드러내는 게 재미있지 않나요?"

대답은 없다.

바로 직전까지 전화를 했고, 침대에서 움직일 수 있었으니 몸에는 문제가 없을 것이다. 로비에 오지 않았던 건——뭐, 그럴 수 있지.

나도 진학학원 TAX에서 일하기 시작했을 때, 고객의 맹렬한 클레임을 무한히 받다 못해 숨 쉬는 것 이외의 모든 기력을 잃어버린 적이 있었다. 진상 부모님이란 자식을 사랑하는 것과 강사를 모욕하는 것을 같은 의미로 생각하는구나.

"……그게 아니고. 암튼 야야도 반성하고 있어서——."

"앗저기딱히오해하지는않았어요."

그 부분에서만 작은 목소리가 끼어들었다.

"야야야선생님이암리타문고랑일을하고싶어하신건사실이고시베리라는편집자의역량을믿을수없었던것도사실이아닐는지요."

"으음……."

완전히 부정할 수는 없었다. 야야가 신작의 캐릭터에 대

해, 데뷔 레이블의 편집자가 아니라 암리타의 편집자와 의
논하려 했던 것은 사실이니까.

"하지만 그래도, 『편집자로서의 자살』이라고 하셨나요?
그런 말씀까지 하실 필요는."

"그 말을 한 건 제가 아니었어요."

문 너머에서 쿵 하는 둔중한 소리가 났다.

아마 시베리의 이마가 문에 부딪치는 소리였을 것이다.
접점이 그대로 슬슬슬 내려갔다.

"……아니라면, 다른 사람이 시베리 씨한테 한 말이
에요?"

침묵이 긍정을 나타내고 있었다.

시베리에게 그런 말을 한 사람은 뻔하다.

초대 담당자다.

시베리는 야야와 회의를 한 후 즉시 암리타 문고에 연락
을 했다.

출판사의 횡적 연결은 무시무시할 정도로 강하다. 내정
시절부터 동기였던 사람끼리 관습적으로 정기적으로 회식
을 하고, 동종업계 전직이 다른 업종보다 많다. 친구의 친
구는 웬만하면 다 친구라는 식이라, '출판마을'이라 불러야
할 만큼 좁은 업계다.

무언가 잘못을 저지르면 즉시 마을 규모의 왕따를 당하니 마감을 지키지 못하는 작가 제형은 조심하기 바란다. 초면인 다른 출판사의 편집자가 생글생글 웃으며 "다음 달에 나올 원고 아직 다 안 끝났다면서요?"라고 말하는 수모를 겪게 된다. 괴로워지니까 제발 그러지 말아요. 아니 진짜로.

　아무튼 동기의 연줄을 써서, 시베리는 자신의 담당 작가에게 추파를 던진 암리타의 편집자와 접촉할 기회를 가졌다.

　그때까지 직접 면식은 없었지만 내 초대 담당자로서 그 남자의 이름을 들은 적은 있었다고 한다.

　따지고 보면 MF 문고 J의 대선배나 같은 존재다.

　시베리는 옛 동료에게 이야기하는 감각으로, 무심결에.

　『앗저기야야야선생님에말씀인데요아직그게3년은고사하고이제막데뷔한분인데저기혹시그쪽회사에서는그런걸고려하지않으시는건가요.』

　안이하게 『3년 룰』을 꺼내버리고 말았던 것이다.

　『시베리 씨라고 했나?』

　『앗네그렇습니다앗지금텐데선생님도담당하고있고요저기훌륭한선배님의소문은자주들어서부디저기앞으로도같은업계인으로서잘부탁드리고싶,』

　『미안, 그런 건 됐고── 역겨워.』

　『……앗?』

그것이 상대의 지뢰인 줄도 모르고.

『3년 룰! 3년 룰이라고?!』

철판구이 집에서 격노했던 초대 담당자의 얼굴을 아직도 기억한다.

『멍청한 소리 좀 그만해.』

그 녀석은── 그나마 작가 상대로는 배려를 해준 편이었나보다.

시베리는 『의견을 교환했다』고 말했다.

하지만 그런 다정한 것이었을 리가 없다.

그녀의 어물거리는 목소리로 유추하자면, 『매도를 당했다』는 표현이 가장 타당하지 않을까.

예를 들면, 이런 식으로.

『데뷔하고 3년 지나지 않았으니까 뭐 어쩌라고? 상 받으면 다른 회사에서 일을 하면 안 된다고? 내가 나간 다음에, 그쪽 회사에선 그런 제약을 계약서에 명기해놓게 됐나?』

『앗엑계약서에는그런건저기…….』

『없다고? 그럼 일반론으로 말하겠는데, 대가를 치르지도 않고 거래처의 행동에 제한을 가하는 건 우월적 지위의 남용이 되지 않을까? 독점금지법에서 말하는 거 말이야. 공공거래위원회가 뭐라고 할까?』

『……앗아뇨그게저기…….』

『그리고 업계론으로도 말하겠는데. 3년 룰이란 건 출판사를 위한 규칙일 뿐이야. 속박당하는 작가들에 대해 생각해봤어?』

『…………앗저기…….』

『작가 인생은 말이야, 짧아. 재능은 언젠가 반드시 바닥이 나. 막 데뷔한 시기에 3년 동안이나 같은 출판사에 묶어놓다니, 재능의 낭비 아니야? 우리는 출판사를 챙겨줄 게 아니라 작가 옆에 서서 행동해야 하는 거 아닐까?』

『…………………앗…….』

분노한 초대 담당자의 거듭되는 공세에 시베리가 창백하게 질려버리는 모습은 가엾을 정도로 쉽게 상상이 갔다.

대형견 시베리안 허스키는 동요하면 아무것도 못 하게 된다.

『야야야 선생님을 그쪽에 맡겨놓는 건 아깝다는 생각에 말을 걸었던 거였어. 그게 불만이라면 야야야 선생의 책을 제대로 판 다음에 얘기해. 3년 동안 갈아먹을 대로 갈아먹고 홱 던져버리지 말고.』

『…………………….』

『야야야 선생의 1권 매상이 기대에 미치지 못했던 건 신인의 책임이 아니야. 디렉션을 했던 편집자의 책임이지. 그런데도 실제로는 작가만 대미지를 입고 있잖아. 기껏 중학생을 데뷔시켜놓고 다 망쳐놨어.』

『………………………….』

『작가를 위해서라면 기꺼이 죽는 게 편집자라는 직업이

야. 적어도 난 신념으로 그렇게 생각해. 그쪽한테는 신념
이란 게 있어?』

같은 레이블의 대선배에게, 업계인의 친분을 이용해 가
볍게 상황을 확인하려던 시베리의 의도는 완전히 어긋나
버렸다.

그 자리는 시골 마을의 느긋한 회의장이 될 수는 없
었다.

『내가 보기엔, 당신은 안 죽었네.』

초대 담당자는 하늘이 불타는 것처럼 격렬한 음성으로
그렇게 말했을 것이다.

『대신 작가를 함부로 죽이고 있지── 나는 그걸 절대
용서할 수 없어. 결코, 결코, 용서하지 않아. **재능을 죽이
는 범인은 너야.**』

시베리안 허스키는 그저 떨면서 분노한 신자를 올려다
볼 뿐.

이것은 재능의 노예가.

신을 대신해. 무능한 자를 단죄하는 자리.

📖

"……문, 열어주지 않을래요?"

나는 긴 한숨을 쉬고 말했다.

코와쿠다니에 위치한 대형 관광호텔의 내부는 묘하게

쌀쌀했다. 죽은 바람이 복도에 가득 고여 바깥 공기보다도 춥게 느껴졌다.

"계속계속생각했어요그날이후로계속하코네에와서도 계속."

시베리는 대답하지는 않고 가느다란 목소리만을 흘렸다.

"작가를죽인범인은너라는그말을."

"……그냥 표현이에요, 그런 건."

3년 룰도, 출판사의 입장에서 보면 어엿한 이유가 있다.

세상은 언제나 주관과 주관의 충돌로 이루어진다. 절대 악이란 것이 여기저기 만연했을 리가 없다.

"하지만작가선생님의인생이전에출판사의사정을우선시 해버렸던건편집자로서의자살이라고생각해요그분이옳아 요적어도저보다는."

시베리의 목소리는 문 아래의 틈새에서 새어 나오는 것처럼 느껴졌다. 어쩌면 바닥에 웅크리고 있는지도 모른다. 깊은 상처를 입은 대형견처럼.

"저는작가를위해죽는다는건생각해본적도없는걸요."

"……그건 그 자식 개인의 신념이고요…… 시베리 씨한 테도, 그거하곤 다른, 자신의 신념이 있잖아요?"

말하면서도 좀 우습다는 생각이 들었다.

신념. 여기서도 신념 이야기냐고.

왜 내가 이런 소릴 하고 있어야 하지.

누구에게나 신념이 있다. 당연한 이야기다. 야야에게는 야야의 신념이 있고, 세이카에게는 세이카의 신념이 있다.

초대 담당자에게도 초대 담당자의 신념이 있다.

확실하게 신념을 말할 수 없는 것은, 업계에서 닳을 대로 닳아버린 나 자신과,

"……——생각해본적이없어요."

이제 막 편집자가 된 시베리 정도였다.

복도에 긴 침묵이 가득 찼다.

나는 한동안 천장을 올려다보고 있었다. 호텔의 가격에 걸맞은 화려한 샹들리에의 바깥쪽에는 캔들이 달려 있다.

하지만 그것은 이미테이션이다. 실제로는 내부에 전기가 통해 LED 전구로 불을 밝힌다.

커다랗기만 한 캔들은 악취미한 무덤처럼 밤의 묘지에 매달려 있었다.

"저기만약에요정말로만약에말이지만요텐데선생님이 다른편집자를희망하신다면. 저도편집장님하고의논해서——."

"이봐요, 시베리 씨."

캔들의 주검을 바라보며 나는 시베리의 목소리를 가로막았다.

"……전에, 그 자식한테도 물어봤지만요."

"네."

무슨 말을 할까 망설이다 나도 모르게 입에 담고 말

았다.

"앞으로 저는 무슨 이야기를 써야 할까요? 팔리는 이야기랑 재미있는 이야기, 어떤 게 맞다고 생각하세요?"

짧은 망설임이 있은 후, 돌아온 대답은 명확했다.

"죄송합니다대답할수없겠어요."

"대답할 수 없어요?"

"텐데선생님이쓰셔야할이야기를저는모르겠어요."

그야 그렇겠지. 그런 건 작가 자신이 생각해야 할 일이지, 편집자를 의지해봤자 피차 곤란해질 뿐이다. 물론.

"……죄송합니다. 이상한 소릴 해서."

——하지만.

마왕과 용사 짝퉁의 슬로우 라이프 시리즈 조기중단을 갑작스럽게 통고받았을 때에도, 이런 기분이었다는 생각이 들었다.

시베리는 언제나 중요한 순간 커뮤니케이션을 해주지 않게 되는 것이다.

여자로서 그런 것이라면, 그 약점을 사랑스럽다고 하는 족속도 있겠지.

하지만—— 업무의 거래처로서는 어떨까.

신념을 말하지 못하는 작가가, 신념을 생각해본 적이 없는 편집자와 앞으로도 함께 해나갈 의미가 있을까.

"……결국, 마지막에는 혼자서 죽을 때까지 생각할 수밖에 없다는 거네요. 각자 자신에 대해 생각해보고, 시베리 씨의 결론이 나오면 저한테도 가르쳐주세요."

대답은, 없었다.

고급 호텔의 인테리어는 지독히도 빛바랜 것처럼 보였다.

낡아빠진 여관으로 돌아가자 세 죄수가 나란히 프런트 앞에서 기다리고 있었다.

"텐진 선생님은 시베리 님을 만나고 오셨죠?"

고문기구 청죽 위에 정좌한 세이카와,

"……돼, 돼지밥으로 만들 날은 언제로 잡혔어?"

병적으로 새파랗게 질린 얼굴로 수의를 입고 있는 토에와,

"어떤 처벌이든 받을 준비가 돼 있어."

무표정하게 목을 뽁뽁 닦고 있는 야야였다.

……어쩌면 좋냐. 현기증 난다. 이 자식들 혹시 희대의 멍청이가 아닐까?

셋이 모이면 문수보살도 지혜를 짜내려다 열이 나버릴 수준.('셋이 모이면 문수보살의 지혜'라는 속담의 패러디.)

아냐, 분명 순진무구해서 그렇겠지. 강사가 제자의 성품을 못 믿어서 어떻게 하나.

"야, 전원 무죄."

나는 짧게 말했다.

"네……?"

세 사람은 한순간 숨을 멈추고는,

"텐진 선생님의 다정함은 죄예요! 아무리 제가 미소녀라도 공평하게 심판해주셔야죠!"

"돼지도 굶주려 괴로워하고 있을 텐데 돼지의 마음도 모르는 찌꺼기 쓰레기……."

"부당판결. 사법부패. 즉시항소."

입을 모아 항의하기 시작했다.

세이카 자식은 입술을 꼭 깨물고 자신이 가장 귀엽게 보이는 각도를 어필하는 게 확 짜증이 난다.

토에는 동물에게 다정한 척하면서 다우너 마조히즘의 극치에 빠져 스스로 밥이 되고 싶어하는 것뿐이고.

야야는 뭔데, 어디서 그런 재판 직후 같은 현수막을 조달해왔냐? 혹시 승소 버전도 챙겨왔어?

"너흰 역시 성품부터 뭔가 이상해. 시베리한테 제대로 확인하고 왔으니까 똑똑히 들어."

시끌벅적 왁자지껄한 가운데, 나는 축 늘어져서 말했다.

그렇고말고. 시베리는 편집이라는 일에 대해서는 입을 꾹 다물었지만, 중학생 녀석들의 무죄에 대해서는 확실하게 증언해주었다.

"토에하고는 전혀 부딪치지 않았어. 당황한 중학생이 혼자 나무에 충돌해서 미끄러져 굴러떨어지는 걸 봤대. 너는 안 다쳤냐고 오히려 걱정하더라."

"흐응, 그랬어? 그럼 그 사람은 그냥 말려들었던 거구나. 불쌍하네. 안됐어. ······아무일도아니었는데살아있어서죄송합니다지금당장죽을게요······."

"그래그래 긍정적으로 살자, 100년은 더 살자."

적당히 토에의 수의를 벗겨 안에 입은 파카를 드러내주었다.

"세이카의 부탁은 기분전환이 돼서 오히려 다행이었대. 출판사 밖에서도 친근하게 말 걸어줘서 굉장히 기뻤다더라."

"어머, 그랬나요! 역시 천재 미소녀는 지역의 인기인이니까 적극적으로 사람들에게 말을 걸어서 커뮤니케이션을 시도하는 게 좋겠네요."

"그래그래 그러다 되레 혼나지나 말아라."

적당히 세이카를 일으켜 청죽을 다시 발마사지 건강기구로 쓸 수 있게 해주었다.

"야야에게는, 그런 말을 들어도 당연하다고 했어. 오해도 하지 않았고, 앞으로 MF에 기획을 낸다면······ 그 뭐냐, 편집장에게 직접 제출해도 괜찮도록 해두겠대."

"사람 대 사람으로 거래하지 않는다. 응. 비즈니스의 기본."

"그래그래 만족했으면 살벌한 거 집어넣자."

야야에게서 『부당판결』 등등의 현수막을 받아 둘둘 말아서 반납.

"시베리는 일에 대해 생각하다, 누구 탓도 아니고, 혼자 빈혈을 일으켜버렸던 거야. 그러니까 너희의 걱정은 기우였다는 뜻이지."

"⋯⋯정말로 정말인가요? 텐진 선생님, 정말로 뭔가 숨기고 있는 거 아니고요?"

"의심되면 세이카 네가 나중에 시베리한테 직접 확인해보면 되잖아."

야야가 아닌.

담당 작가가 아닌 사람이 시베리에게도 좋겠지.

"그리고 이젠 하코네를 즐겨. 이번 건은 더 이상 하나도 신경 쓸 필요가 없으니까."

정확하게는, 지금은 누가 신경을 써주는 것이 더 괴롭다──는 뉘앙스를 시베리의 말 구석구석에서 느꼈다.

누구에게나 혼자 있고 싶을 때가 있다.

거기서부터 새로운 길이 이어질지 어떨지는 둘째 치더라도.

우리는 각각 하나의 독립된 사회인이며, 닫힌 문을 일부러 열어줄 참견쟁이 엄마는 이 사회에 존재하지 않는다.

"⋯⋯착하네, 시베리. 생긴 건 무섭던데."

토에가 불쑥 말했다.

그러게 말이다. 어떤 의미에서── 너무 지나치게 착하지.

시베리는 좋은 녀석이다.
친구로서 사귄다면, 분명 최고겠지.

그러저러해서 진범 맞히기 게임은 이번에야말로 끝.
누가 시베리안 허스키를 죽였나?
답은, 아무도 죽지 않았다. 편집자로서의 자살이었다.
예상이 멋지게 적중한 분이 있다면 주위의 친구들에게
실컷 자랑하고 미스터리자신만만맨이 된 끝에 후지미 미
스터리 문고에 도전해 현실의 가혹함에 시달려볼 것을 권
한다. 부활하지 않으려나, 그 레이블.

너절한 여관의 괘종시계가 오후 11시를 울렸다.
"음…… 벌써 시간이 이렇게."
잘 보니 세이카와 토에와 야야는 각각 스타일에 큰 차이
가 있었다.
아니, 스타일이라는 건 몸매 이야기가 아니고. 그쪽 차
이는 잘 보지 않아도 알 수 있고. 이 이상은 괴롭히는 게
될 테니 관두자.
"텐진 선생님이 저를 다정한 표정으로 바라보고 계시네
요……? 헉, 혹시, 마침내 귀여운 세이카의 나이스 바디가
매력적이란 걸 이해하셨나요?"

"네 정신의 풍요가 빈곤한 육체에 조금이라도 반영되면 좋았을 텐데."

"머라고요?"

유카타로 갈아입은 세이카, 아직 평상복 스타일인 토에, 파자마로 갈아입고 옆에 칫솔과 컵을 둔 야야.

샴푸와 린스의 향기, 데오드란트의 프레그런스, 그리고 갓 빤 옷의 냄새가 섞여 어딘가 복잡한 중학생의 향이 느껴졌다.

이건 아마 평소 생활 사이클의 차이에서 나오는 거겠지.

좋아하는 걸 좋아하는 대로 하다 배터리 떨어진 듯이 잠드는 자유인 세이카, 아침 해가 뜰 때까지 인터넷에서 키보드 배틀 같은 데에 힘쓰는 밤의 주민 토에, 자로 잰 듯 규칙적으로 똑같은 리듬에 따라 생활하는 기계적인 야야. 뭐, 내 상상이니 진실은 알 수 없지만.

"너희들, 어쨌거나 여행을 오면 피로가 쌓이는 법이다. 평소의 활동시간하곤 상관없이, 슬슬 자는 게 좋지 않겠냐."

"텐군은, 그런 면이 꼭 아저씨 같웁웁웁."

쓸데없는 소리를 하려는 야야의 입에 억지로 칫솔을 넣어버렸다. 북북북, 옳지옳지 이가 반짝반짝하네. 냉큼 자라.

"저기, 딱히 신경 쓰는 건 아니지만…… 당신은 어떡할 거야?"

토에가 쭈뼛쭈뼛 손을 들었다.

"이 시간에는 유모토까지 내려가 봤자 전철도 없을 거고. 하는 수 없으니 여기 프런트에 부탁해서 자고 갈 수 없는지 물어볼란다."

"네! 저요저요!"

세이카가 힘차게 손을 들었다.

"제 방! 제 2인실이 비어 있어요!"

"어째서. 싫거든."

"싫다뇨?! 말을 좀 곱게 포장해서 해주시면 안 되나요?!"

두둥 쇼크를 받은 세이카는 자신의 관자놀이에 두 검지를 가져다 대고 한동안 묵묵히 생각에 잠기더니, 반짝 무언가 영감을 받은 표정을 지었다.

"하지만 전, 낯선 곳이 무서워서요……."

"아?"

"혼자서는 잠들 수 없을 것 같아요. 훌쩍."

틀어 올린 머리를 약간 내려 한 다발을 잡아선 눈을 가린다. 불안증에 걸린 새끼고양이처럼 어깨를 파르르 떨며 젖은 눈으로 나를 올려다본다.

"억지로 부탁하지는 않을게요. 잘 때까지만 있어 주시면 돼요. 만약 누군가가 옆에 누워있어 준다면. 분명 엄청 엄~청 안심할 수 있을 것 같은데요……."

"토에랑 같은 방에서 자든가."

"어째서요! 싫거든요?!"

"곱게도 포장도 안 하면서……."

이 녀석은 완전히 세상을 우습게 보고 있다.

이런 빠른 전환능력, 세상 어디에서도 살아갈 수 있을 것 같은 다부진 모습은 어떻게든 본받았으면 싶다. 토에라든가.

"……이 여자 흉내를 내느니 수업 중에 옷 벗겨지는 게 차라리 낫겠다."

토에는 진심으로 싫다는 듯 한쪽 눈을 가늘게 뜨고 야야 쪽을 턱짓했다.

"애초에 네 방에는 이 사람이 자는 줄 알았는데?"

"앗."

세이카는 잡았던 머리카락을 떨어뜨렸다. 완전히 잊어버리고 있었구만…….

야야는 세이카와 동기 데뷔한 친분도 있고 해서, 여관에 왔을 때부터 세이카의 방에서 잠을——이 아니고 논리적인 명상을 거듭하고 있었다.

애초에 야야는 숙박을 희망했으므로 저녁 시간이 된 시점에서 세이카의 2인실에 묵는 것이 기정사실처럼 되었을 텐데.

"야야는 상관없어. 잠만 잘 수 있으면 어디든."

우물우물 칫솔을 입에서 빼내며 야야가 조용히 말했다.

"저기, 하지만, 원래는 야야 씨가 텐진 선생님이랑 함께 하코네에 오셨던 거고……."

"이 도둑고양이랑 내가 끼어든 꼴이 됐으니까, 방 배정을 제일 먼저 생각할 권리는 당신한테 있지 않을까……?"

세아카와 토에가 어딘가 소극적으로 말했다.

전에도 말했지만, 이 녀석들은 자기가 막무가내를 부린다는 자각은 있다 보니 이상한 데서 양식을 챙기는 성가신 성격이다. 제멋대로 내 방을 배정하는 걸 권리라고 생각하는 점에서는 한 점의 양식도 없지만.

"야야는 그런 건 신경 쓰지 않아──."

야야는 컵을 두 손으로 어물어물 잡으며 딱 잘라 말했다.

"텐군하고는, 비즈니스로 교제하는 것뿐이니까."

"오?"

"하?"

세이카는 눈을 크게 뜨고, 토에는 입을 크게 벌렸다.

"비, 비즈니스라고 하시면……."

"돈을 통해 육체가 제공되는 타입의……?"

"응. 성심성의껏, 팔과 다리를 열심히 움직여서 텐군한테 봉사해. 야야에게는 엄청 많은 돈이 들어올 예정."

야야는 지극히 진지하게 고개를 끄덕였다. 하코네의 취재 여행과 집필활동에 대해 말할 때 넌 늘 단어가 부족하구나!

나는 근처의 세면대에서 컵에 물을 받아와 야야의 입에 억지로 넣어버렸다. 가르르르 퉤, 그래그래 잘했어요. 냉큼 자라.

"실망했어요! 정말 실망했어요, 텐진 선생님! 아무리 그래도 앳된 야야 씨를 상대로 비즈니스라니!"

세이카의 얼굴이 새빨갛게 물들었다. 야야의 입을 닦아주는 내 등을 주먹으로 퍽퍽 두드려댄다.

"제가 옵션 서비스도 분명 더 풍부할 거고 고객만족도 15년 연속 넘버원인데! 텐진 선생님은 너무 로리콘 선생님이에요!"

"화내는 포인트가 거기냐고……."

무슨 서비스를 할 수 있는지 한번 말해봐라 짜샤. 특수 성벽 고객만 모아다 고객만족도 조사하지 말고 짜샤.

뒷문에는 미친 소 세이카, 앞문에는 우물우물 야야. 똑같은 녀석들 사이에 낀 채 와자와자 강제 취침 준비를 하는 나를 토에가 빤히 바라보고 있었다.

"왜."

시선이 마주치자 여봐란듯이 한숨을 쉰다.

"……당신, 진짜 애들 챙겨주는 거 좋아하는구나. 어른보다도 애들이 좋다는 건 농담이 아니었네."

"얀마, 어딜 봐서 그렇게 보이는데……."

"몰라."

토에는 홱 고개를 돌렸다.

요즘 들어서 뿌리기 시작한 걸까. 데오드란트에 섞인 약간 어른스러운 향수가 온천 여관에 감돌았다.

그런데 지금 막 깨달은 거지만, 이 시간이 되었는데도 허리 구부정한 할머니는 프런트에 앉아 있구나.

우리의 소동에도 싫은 낯빛 하나 보이지 않고, 그뿐이랴 제자들에게 휘둘리는 나를 불쌍하게 여기는지 말을 꺼내기도 전에 나를 위해 방을 마련해주었다. 세이카와 토에의 방과는 꽤 멀리 떨어진 곳이란 점에서 모종의 배려가 엿보였다.

"……너무 무리하진 마시구랴……."

쪼글쪼글한 손바닥으로 나를 살살 쓰다듬어 격려까지 해주셨다.

이 부조리한 세상에도 진실을 똑똑히 봐주는 사람은 있구나.

역시 로리의 향보다는 연륜의 내공. 난 이제 할머니랑 놀 거야!

📖

방 배정에 대해서는 그 이상의 다툼은 발생하지 않았다.

다툴 여지가 없었다고 해도 좋을 것이다.

"난, 가족도 아닌 사람하고 같이 자는 건, 무리."

그렇게 선언한 토에가 누구보다도 먼저 자기 방에 틀어박혔던 것이다.

얼어붙은 칼날 같은 눈초리였다.

제대로 인간불신에 빠진 이 아이에게는 그런 완고한 면이 있다. 협조보다도 고립을 택하고, 남에게 절대 마음을 허락하려 들지 않는다.

"들개씨 답네요. 분명 마음도 몸도 질척질척 끈적끈적하게 녹여줄 상대가 아닌 한, 마음 놓고 잠들지도 못하겠죠."

세이카가 다 안다는 표정으로 어깨를 으쓱한다.

"그러게 말이다, 마음도 몸도…… 응?"

어째서인지 같은 이불 속에서 녹을 대로 녹아버린 채 잠든 얼굴이 플래시백한 것도 같았지만, 기분 탓이다. 과거를 돌이켜서는 안 된다. 미래만 보고 가자.

"그러면 당초 예정대로라고 할까요, 야야 씨는 저랑 2인실을 쓰게 될 텐데요……?"

"……야야는 괜찮아. 뭐든 괜찮아."

야야의 눈꺼풀은 흐리멍덩해서 거의 실처럼 감겨 있었다. 분명 평소 같으면 이미 자고 있을 시간이었겠지.

내버려 두면 복도에 큰 대 자로 뻗을 것 같은 중학생을 세이카가 조심스레 잡아당겼다.

끌고 가려다, 야야의 빈틈투성이 얼굴을 빤히 바라본다.

"……저기이, 제 착각이라면 죄송하지만요."

세이카는 나를 돌아보았다.

"어쩐지 이야기를 나누기 편하다고 생각했더니, 뭐랄까…… 야야 씨, 혹시 분위기가 좀 달라졌나요?"

"새삼스럽다 진짜!"

처음 마주쳤을 때 알아차렸어야지 그런 건. 애초에 어조부터 달랐잖냐. 너 동기한테 너무 관심 없는 거 아냐?

"이쪽이 친숙해서 저는 더 좋지만요. 수상식 때는 신성하달까, 좀 더 신비성이 강했던 것 같은?"

"……그럴지도 모르지."

나는 뺨을 긁었다.

어디까지 말해야 할까 망설여 뺨을 긁었다.

"야야는 인간이야. 아주 평범한 인간."

"응? 그야 그렇죠, 물론."

"수상식의 야야는, 자기 언니를 참고했던 거래. 신이 되려고 발돋움을 하다가, 너무 발을 든 나머지 굴러떨어질 뻔했지."

"아하아……."

"야야는 너하고는 달리 단숨에 뛰어오른다고 잘해나갈 수 있는 사람이 아니야. 한 걸음 한 걸음, 꾸준히 나아가는 타입이겠지. 그러니까 그게 나아."

"과연 로리콘 선생님. 아이들을 잘 관찰하시네요."

"맞고 싶냐?"

"꺅~ 무서워~!"

오버액션으로 한 손을 휘저으며 느물느물 웃는 세이카.

눈에는 장난스러운 빛이 뛰어다니며, 입을 오물오물 다물고, 약간 눈꼬리를 늘어뜨린 그 표정은 요컨대—— 빌어먹을 악마가 싸움을 걸려는 것이 아니라.

제자로서 무언가를 진지하게 말하고 싶은 얼굴이었다.

"텐진 선생님은, 말은 굉장히 난폭하신데도요. 사실은
저희의 따로 노는 개성을 누구보다도 존중해주시네요."

"……직업상 그렇게 된 거야. 아무 의미도 없어."

"로리콘이 직업으로 인정받을 미래가 오면 좋겠네요."

"반복개그 하지 마라 죽는다."

세이카의 머리를 슬쩍 쥐어박자 다시 오버액션으로 머
리를 흔들며 생글생글 웃었다.

수상식 때도 그랬다.

이 녀석은 자신이 긴장하면 남을 놀려 얼버무리려는 습
성이 있다.

"넌 진짜……."

하는 수 없이, 나는 생각했다.

세이카는 지금 무엇에 혼란스러워하고 있는가. 답은 금
방 나왔다.

옆에 야야가 있다는 것이다.

나는 한숨을 쉬었다.

"야, 이 녀석하고는 물론 업무상의 교제가 있긴 하지만,

그 이상도 그 이하도 아니야. 사생활에 대해서는 하나도 모르고, 다른 데서 만날 일도 없어. 같이 있을 수 있는 건 아마 지금뿐일 거다. 네가 생각하는 그런 일은 하나도 없었어."

왜 이런 소리를 해야 하는지 모르겠지만, 아무튼 말했다.

세이카는 천천히 나를 보았다.

"그럼, 저하고, 같네요."

"……아?"

"이번 달까지는 TAX의 제자지만요. 고등학교에 들어가면, 중고등학교 입시 지도 학원에 다닐 이유는 없으니까요. 텐진 선생님하고 사생활에서 만나게 될 장소는 이제 없어요."

"그건, 그럴지도 모르지만……."

"그래서 좋은 아이디어가 떠올랐어요. 텐진 선생님이 저희 고등학교의 선생님으로 전직하시면 되는 거예요! TAX 퇴직하세요! 이로써 안심 만만세!"

"어째서?!"

남의 인생계획을 스스럼없이 변경하면 못써요.

"뿌우. 그렇게 말씀하실 줄 알았어요."

세이카는 입술을 비죽 내밀었다. 그 입술은 어중간한 형태로 작게 일그러졌다.

"……그래서 두 번째 아이디어예요. 역전의 발상이죠. 텐진 선생님은 분명 중학생인 저를 잊으실 거예요. 그렇다면 지금 이 기회에 고등학교 교복을 착용하면 되는 거예요."

"고등학교 교복?"

"그렇게 하면—— 시내 어디선가 스쳐 지나갈 때 텐진 선생님이 금방 저를 찾아주실지도 모르잖아요. 고등학생이 된 저를, 혹시나 기억해주실지도 모르잖아요."

그래서 엄밀히는 아직 중학생 신분인데도 고등학교 교복을 택했다고.

세이카는 눈썹을 늘어뜨리며, 조용히 내 소매를 잡았다.

오이천국의 족탕에서도 말했다.

『저는, 하지만. 시간이 없어서요…….』

그때의 쓸쓸한 표정은 농담도 무엇도 아니었고.

중학생에서 고등학생이 된다는 의미는——

본인에게는 결코 기쁜 일만은 아니었던 것이다.

언제나 그랬듯. 이 녀석은 불안하면 불안할수록 허세를 부리려고 한다. 아무리 들뜬 것처럼 보여도 발바닥은 지면에 단단히 붙어 있다.

"……쓸데없는 걱정은 하는 게 아니야."

나는 머리를 벅벅 긁었다.

"고등학생이 돼도, TAX에 안 다녀도, 패밀리 레스토랑이든 카페든, 어디서든 만날 수 있잖아."

"……정말요? 정말, 만날 수 있어요?"

"뭐, 그야 동료들에게 보이기라도 하면 민망하겠지만,

사회적으로는 오히려 졸업생 신분인 편이 문제도 덜 될
거고⋯⋯."

"아뇨, 그런 게 아니라요."

세이카는 도리도리 고개를 가로저었다.

"전 알고 있어요——."

어딘가 덧없이 눈꺼풀을 늘어뜨리고, 긴 속눈썹을 떨며,

"——고등학생이라는 속성이 로리콘에게는 가치가 없다
는 걸."

"아?"

"어차피 텐진 선생님도 고등학생부터는 아줌마라느니
26일의 크리스마스 케이크라느니 그런 말씀을 하시는 타
입의 로리콘이겠죠? 중학교 졸업하면 쓰레기통에 홱 던져
버리실 거죠?"

"미안. 잠깐. 역시 한 대 패도 되겠냐?"

"전국 1천억 세이카 팬도 제가 앳된 중학생이라 응원해
줬을 거예요! 독자 여러분, 자신의 가슴에 손을 얹고 자아
비판을 해보세요! 똑똑하고 귀여운 미소녀 작가 세이카는
다 알고 있으니까요!"

"네 팬은 특수 로우히터밖에 없냐? 1천억 태양계 인류하
고 나한테 진심으로 사과해라, 응?!"

코를 훌쩍이는 시늉을 하는 빌어먹을 악마.

이 녀석은 역시 머리가 이상하고, 발도 동동 떠 있는 것
같다는 생각이 들기 시작했다.

하는 수 없이, 온갖 것들을 정리해, 내가 먼저 축사를 한 마디.

"츠츠카쿠시 세이카."

"네."

"중학교 졸업, 축하한다. 고등학생 돼서도 잘 부탁한다."

"——……네!"

한순간 세이카는 얼굴을 확 일그러뜨렸다. 눈물이 날 정도로.

그리고는 활짝 웃었다.

이 성가신 빌어먹을 악마는 가끔, 진짜로 가~끔.

"에헤헤. 고맙습니다, 저의 선생님. 언제 어디서나 다정하시네요. 그런 점이 저는 정~말 좋——어른이라는 생각이 들어요."

이런 식으로 순박한, 그러면서도 고운 얼굴을 할 수 있으니 반칙이다. 얼굴이 예쁘다는 건 정말 인생 보너스 게임이지.

세이카는 푹 곯아떨어진 야야를 데리고 영차영차 계단을 올라갔다.

어쩐지 굉장히 기분이 좋은 듯했다. 게다가 무진장 친절하다.

그 발이 층계참에서 홱 돌더니.

"그러면 저의 중학교 졸업 기념으로! 내일은 어른의 휴일을 천천히 즐겨보도록 해요!"

"······무슨 소리?"

"후후후! 놀랍게도, 놀랍게도 놀랍게도!"

내 시선보다도 높은 곳에서, 세이카는 가볍게 스텝을 밟았다.

아몬드 모양 눈동자가 체셔 고양이처럼 가늘어지고 내려다보는 형태의 짓궂은 윙크를 한 방 날리더니 눈 깜짝할 사이에 소악마 모드로 트랜스폼.

벽 너머를 손가락으로 척 가리키며 말하기를,

"다 함께 혼욕 온천 시설, 유넷선에 가는 거예요! 한 욕탕에서 꺅꺅 우후후, 최고의 바캉스가 시작되는 거예요! 정말 신나네요! 이런 곳도 저런 곳도 다 부풀어 오르고 있어요!"

············아?

유넷선이란 『놀 수 있는 온천 어뮤즈먼트 파크』를 지향하는 민간 시설이다.

규모는 어느 정도냐 하면, 녹음 짙은 하코네야마 산속에 느닷없이 남유럽의 하얀 벽이 불쑥불쑥 돋아난 것처럼 보이는 수준이니 무시무시하다.

초절경 전망 노천탕을 비롯해, 분수며 비눗방울이 날아다니는 에게해의 푸른 욕탕, 거대한 워터 슬라이드와 폭포 욕탕, 커피탕, 와인탕, 녹차탕, 술탕, 사우나에 아로마에 푸드코트까지 없는 것이 없다.

당연히 온수이므로 여름에도 겨울에도 올 시즌 즐길 수 있다.

그리고 가장 중요한 포인트는.

수영복을 착용하면 이용할 수 있는 혼욕 에어리어가 많다는 점이다.

"대여 수영복에 수건에 실내복도 완비됐으니까 맨손으로 가도 괜찮아요! 소금 후추 살살 뿌려서, 가 아니라 깨끗한 몸으로 놀러 가요!"

세이카는 입맛을 다시면서, 가 아니라 미소를 지으며 말했다.

아무래도 이 자식, 가공의 숙박 데이트 플랜에서 이 유넷선을 메인이벤트로 잡아놓은 것 같다.

여기에 실존 인물인 내가 합류해버렸으니 얼마나 기뻐하는지. 호구 제대로 잡았다고 생각하는 거지.

"이 날을 위해 아빠에게 빌린 방수 카메라로 서핑 팬츠 차림의 텐진 선생님을 연사해버릴 거예요! 반짝이는 물보라, 두근거리는 심장, 아찔한 로맨스! 우웨헤헤헤에에."

"여중생이 남에게 들려줘선 안 될 웃음인데……."

"밀려드는 파도에 맞잡은 두 손이 끌려가서, 실수로 수영복도 끌려가서, 태어난 그대로의 모습으로 마침내 두 사람은 폴링 러브! 아잉 몰랑 바봉 우흥──!"

들썩들썩 신이 나선 스킵 & 스텝, 알랑거리는 스냅으로 유카타 자락을 슬쩍 들추며 스트립.

완전히 트립에 빠진 세이카는 자기 방으로 사라졌다.

덧붙여.

다음 날은 기록적인 폭우가 쏟아졌다.

"흐흐흑, 흐흐흐흑……."

객실의 이불을 둘둘 말고 세이카가 꺼이꺼이 울고 있다.

아침 식사 자리에 나타나지 않아 방으로 살펴보려고 왔는데, 들고 온 밥을 먹을 기력도 없이 아까부터 계속 이 모양이다.

춘권처럼 똘똘 말린 이불 옆, 꽉 닫힌 창문은 폭우에 두들겨 맞아 지진이라도 일어난 것처럼 흔들렸다.

오늘 오다와라 하코네 일대에는 호우경보와 강풍경보가 발령됐다고 한다.

하코네야마 산 주위에 있는 야외 시설은 모두 휴관이며, 실내 시설도 눈치를 살펴 가며 다들 문을 닫을 예정.

봄철 폭풍이란 게 이런 거구나.

이런 날씨에는 한 걸음도 밖에 나가고 싶지 않다――는 지극히 당연한 의견이 4명 중 3명의 공통된 견해였던 것이다.

"싫어싫어, 텐진 선생님하고 어깨를 맞대고 촉촉하게 혼욕할 거예요…… 앞뒤로 밀착해서 워터 슬라이드 탈 거예요…… 우드 데크에서 손잡고 하늘 보면서 꿈을 이야기할 거예요…… 훌쩍훌쩍, 왜, 어째서 어째서…….."

목소리를 쥐어짜내듯 흐느끼며 세이카는 무한히 바둥바둥바둥바둥.

덕분에 이따금 이불이 들춰져서 안쪽이 다 보이는데, 이 녀석 수영복 입었네. 이나리 린 화백의 사생대회에서 입었던 학교 지정 수영복과는 달리 여고생다운, 요즘 유행하는 레저 수영복이다.

아침 목욕을 마친 후, 비나이다 비나이다 하는 심정으로 입은 모양이지만―― 애석하게도 시간이 지나도 날씨는 회복될 기미가 없었다.

중학생들의 하코네 만끽 플랜은 전부 꽝.

오늘 안으로 귀가 예정이었던 나조차도 비바람이 너무 심해 진저리를 치며 프런트 앞에서 유턴. 그 자리에서 연장을 결정했을 정도였다.

"흐흐흑, 일기예보님 완전 빗나갔잖아요. 왜 하필이면 오늘이에요. 그렇게나 빌고 또 빌었잖아요. 너무해요. 이럴 수는 없어요. 어떻게 나한테 이래요. 이건 잘못됐어……."

아아 무정.

하코네에는 신도 부처님도 바캉스도 없었던 것이었다.

하지만 비탄에 잠긴 세이카의 어깨를 흐리멍덩한 얼굴의 동갑이 통통 두드렸다.

"……세이카 아즈키 선생님. 온천이라면 여기에도 있어."

야야는 무표정하게 다다미를 가리켰다.

1층에는 분명 대욕탕——이라는 말은 다소 저어될 정도로 좁은 천연 온천이 있다. 나도 어제 이용했다. 샤워의 수압이 매우 약하고 바닥 타일도 상당히 낡았다. 청결하게 유지되고 있다는 점 하나는 좋았다.

"그렇지만 그렇지만, 이 여관은 남녀 따로인걸요. 혼욕은 아니잖아요……."

세이카의 지당한 반론. 하지만 야야는 천천히 고개를 가로저었다.

"가족탕이 있다고 들었어."

"가족탕……?"

"대절탕이야. 시간제로 빌려서, 남녀 불문하고 같이 입욕 가능."

"대절…… 혼욕……?"

"작은 목욕용 가마 같은 거라 몸을 맞대고 들어가야 하지만."

"밀착…… 해프닝……!"

통통 부은 세이카의 눈에 서서히 하이라이트가 돌아온다.

들고양이에게 먹이를 주지 마세요. 나쁜 버릇 들어버리니까.

"어디에 있어도 온천은 온천. 취재를 위해 나중에 같이 가. 세이카 선생님이 원한다면 텐군은 적당히 묶어서 끌고 가서 탕 밑바닥에 담가두면 돼."

본인 눈앞에서 납치감금고문살인미수 의논하지 말아줄래요?

"오오오, 오오오오……!"

세이카의 뺨이 색깔을 되찾으며 파아앗 빛났다. 지옥에서 부처님, 연옥에서 하느님을 발견한 것 같은 얼굴이었다.

"꿈도 희망도 없는 이 세상에서 살아갈 기력이 무럭무럭

솟아나요! 역시 야야 씨, 마음의 벗이여!"

빠른 전환이 주특기인 세이카는 완전 부활해 이불 속에서 점프. 야야를 꼬오옥 전력 하이파워로 끌어안았다. 역시 수영복이었다.

아, 수영복 디자인에 대해서는 딱히 묘사하지 않겠다. 민짜몸매에는 관심이 없어서.

"……우부우붑…… 비논리적인 육체적 접촉은 좋아하지 않…… 우무뭅……."

흐리멍덩 소녀는 괴로워하며 흐느적흐느적 팔다리를 움직였지만, 좀처럼 빠져나올 수 없는 운동치의 슬픔. 운동을 잘하는 타입인 빌어먹을 악마가 뺨을 부비부비 쫀득쫀득.

"야야 씨하고는 앞으로도 절차탁마하고 싶어요. 아, 이젠 야야 씨라고 남처럼 부르면 못 쓰잖니, 똑똑한 세이카!"

"왜……."

"야야군, 야야찌, 얀얀…… 야야짱! 오늘부터 당신은 야야짱이에요! 와아 너무 귀여운 호칭이죠?"

"세이카 선생님, 좀 떨어져……."

"나도 세이카라고 불러도 돼요, 야야짱 디어 마이 프렌드!"

동기와의 거리감이 일방적으로 너무 가깝구나아. 미안하다만 싫으면 싫다고 확실하게 말해주렴, 야야.

"하지만 세이카, 기운이 났다면 흠뻑 젖을 각오로 유넷선에 갔다 오는 건 어떠냐."

지진처럼 콰아아 울려대는 바람 소리를 들으며 말했다.

시각은 오전 10시가 막 지났을 무렵.

유넷선도 축소 운영을 할지는 모르지만 실내 시설을 전부 닫지는 않았을 것이다. 이 거리라면 조난당할 우려도 없을 테고.

"야야도, 같은 온천이라면 유넷선 쪽이 취재할 게 많을걸."

"……응."

야야는 흐느적흐느적 팔다리를 움직여 어떻게든 허그 악마의 손에서 탈출.

그리고 자신의 가방에서 에코백을 꺼냈다. 무표정하고도 당당하게 머리 위로 드는 비키니. 너도 유넷선을 사전에 플래닝하셨습니까그러셨습니까.

"오오! 역시 야야, 마음의 벗이여! 그렇다면! 그렇다면?!"

"뭔데 그 눈은, 그 얼굴은."

"자아 선생님도 함께……?"

"안 가. 감기 걸리기 싫으니까 안 가. 난 절대 안 가."

빛나는 눈동자의 세이카에게 몇 번이고 다짐했다. 중요한 일이니 백만 번쯤 말해둬야지. 너하고 혼욕을 했다간 사회적으로 죽으니까 죽어도 안 가.

"어째서요?! 비장의 승부 수영복이 세간의 장애를 넘어서 텐진 선생님에게 일사불란 용맹과감한 대돌격을 감행할 거라고요! 엄청나게 귀여운 세이카의 살짝 야한 수영복에 관심 있으시죠?!"

"맘대로 돌격하는 빌어먹을 수영복이야말로 안 가겠다는 이유의 대부분이고, 네 수영복은 오늘 본 것만으로도 싫증 났으니 일 없습니다."

"히든카드는 먼저 보여주지 말라는 이론에 패배!"

입고 있었던 수영복을 충격과 함께 내려다보며 세이카는 그 자리에 쓰러졌다.

"벗뜨 그러나……! 이럴 때는 일부러, 일부러 발상을 역전시켜서……!"

그리고 즉시 복근의 힘만으로 호러 영화처럼 일어났다. 이 강철 멘탈, 솔직히 진심으로 무섭다.

"수영복 온천에 텐진 선생님이 없다면 방법은 간단하죠. 텐진 선생님이 있는 곳을 수영복 온천으로 만들면 돼요. 네가 수영복 온천이 되는 거다 이론이에요!"

또 괴상한 소리를 꺼냈다. 불길한 예감이 든다.

"묻고 싶지도 않다만 내 몸을 지키기 위해 물어주마. 그게 뭔 소리야……."

"유넷선에 선생님이 안 가신다고 탄식하고 날씨나 흘끔 거리는 건 그야말로 무저항주의예요. 우리 작가는 현실의 냉혹함에 저항하며 상상력의 날개를 펼치는 게 일이잖 아요."

"그래서?"

"이 여관을 유넷선이라고 상상할 거예요. 철석같이 믿어 버릴 거예요. 확신할 거예요. 그게 당연한 것처럼 행동할 거예요. 그러면 텐진 선생님도 깜빡하고『어이쿠 그렇다면 나도 수영복으로 갈아입어야겠군!』하고 휩쓸릴 가능성이 원찬스 있지 않을까요?"

"노찬스인데."

"텐진 선생님도 위쪽 입으로는 그렇게 말씀하시지만, 아 래쪽의 몸은 분명 솔직할 거예요!"

"입하고 몸의 상하를 강조하는 의미를 모르겠는데……."

"네 이미 결정했어요! 여기는 지금부터 유넷선이에요!"

얄팍한 가슴을 펴며 세이카는 딱 잘라 선언했다. 역시 물어봐도 무슨 소리인지 모르겠다. 빌어먹을 악마에게 논 리를 바란 내가 잘못했다.

"……정말 고마워요, 야야짱!"

수영복 작가는 갑자기 옆을 보며 미소를 짓고, 동기 작 가는 고개를 갸웃했다.

"뭐가."

"야야짱이 그랬잖아요.『어디에 있어도 온천은 온천』이

라고. 그야말로 혜안, 모든 영감의 원천! 저의 이론이 태어난 건 야야쨩 덕분이에요!"

"……엑. 야야 때문이야……?"

야야가 척 보기에도 당황했다. 너 의외로 솔직하구나.

"물론 우리가 작가라서 이룰 수 있었던 것이기도 해요. 우린 지금 이 자리에서 새로운 이론이라는 이름의 스토리를 낳은 거예요!"

"……이론과 공상을 동일시……."

논리에 깐깐한 무표정 야야에게, 겁도 없이 악수를 청하는 빌어먹을 이론가 세이카.

"이건 두 여고생 작가의 기념할 만한 첫 공동이론이 될 거예요!"

"…………그런 이론——"

천진난만한 손바닥을 빤히 바라보더니,

"——일리 있어. 영광이야. 아자."

야야는 싹싹하게 악수에 응했다. 어디에 아자의 요소가 있었죠?

"……그러냐."

나는 천장을 올려다보았다.

어쩌겠냐. 너한테는 있었나 보지.

세이카가 하는 말은 엉망진창이지만, 그 말은 누구보다도 야야에게 와 닿았다.

동기로 데뷔해, 같은 해에, 자신보다도 잘 나가고, 언젠가 타도하리라고 맹세한 작가의 말이다.

작가라는 데에 강한 집착을 가진 야야가, 자신보다 위에 있는 작가와 같은 장소에 서게 되었으니, 기분이 나쁘지는 않았겠지.

"⋯⋯나 원."

나는 들키지 않을 정도로 한숨을 쉬었다.

야야도 사람이다. 좋은 의미에서도 나쁜 의미에서도—— 아마도 더 나쁜 의미에서도.

내가 생각에 잠긴 동안 두 작가의 논리는 더더욱 단단해지고 있었다.

"혼자보다는 둘. 공동이론자 야야도 이 땅에 상상의 씨를 심을까 해."

"정말 든든하신 말씀이에요. 야야짱의 도움을 얻는다면 오니에게 곤봉, 호랑이에게 날개, 저에게 옥시젠 디스트로이어(일본의 괴수영화 '고지라(1954)'에서 고지라를 물리치기 위한 최종 병기.)!"

"당장 갈아입을래."

"⋯⋯네?"

야야는 비키니를 팔에 걸치고 자신의 교복에 손을 댔다.

훅을 풀고 원피스 타입의 스커트를 발밑에 떨어뜨리고,

브래지어와 팬티를 휙휙 벗어던져, 눈 깜짝할 사이에 알몸.

풍만한 나신이 부끄러움도 없이 드러났다.

마치 영양을 다 얻은 과일 같다. 여기저기 떨어져 버릴 것처럼 영글었으며 물이 흘러넘칠 정도로 싱그럽다. 집어 먹으려면 분명 지금이 제철이겠지.

발돋움을 하고 싶어하는 중학생과 현실을 깨닫기 시작한 고등학생 사이의, 언밸런스한 나이대에게는 어울리지 않는 완숙 머스크멜론이었다.

"하아아아아아아?! 잠깐잠깐잠깐―――?!"

그리고 즉시 끼어드는 세이카.

고지라의 숙적 기도라처럼 일곱 번 구르고 여덟 번 쓰러지고 아홉 번 날뛰고 열 번 외치며 야야에게 매달렸다.

"느닷없이 뭐 하시는 거예요! 텐진 선생님도 왜 그렇게 태평하게 계시는 거예요?!"

온 힘을 다해 팔다리를 벌려 중요한 부위를 내 시선에서 필사적으로 숨겨주었다. 그 녀석 전속 코디네이터는 앞으로 너한테 맡겨도 되겠냐?

"세이카 아즈키, 세이카 선생님, 세이카짱…… 응, 세이카."

야야는 호칭을 확인하듯 입 속에서 중얼거리고는.

"세이카, 괜찮아."

"뭐가요?! 어디가요?!"

"텐군이 야야의 알몸에 가치를 인정하지 않는다는 걸 알아. 이미 검증 완료. 아자."

완전히 평온 모드로 담담히 말했다.

그러고 보니 수상식 때 대기실에서 그런 말을 했지.

"두 분의 문란한 관계성은 어디까지 간 거예요?! 남의 가치 기준이 아니라 일반적으로 자신이 부끄러운지 아닌지가 중요한 거라고요!"

"일반적인 미적 감각이란 것의 기준에 자신은 없지만, 야야의 알몸은 그렇게 부끄러운 수준은 아니라고 생각해."

"그게 아니고요! 남자의 시선에 알몸을 드러내는 게 수치 그 자체잖아요?!"

"가령 수치심을 느낄 만한 순간이 있었다고 쳐도. 야야가 눈을 꽉 감으면 그 즉시 텐군은 야야에게 보이지 않게 돼. 이제 안심."

"야야짱이 혼자 눈을 감든 말든 텐진 선생님 본인은 계속 거기서 감상하고 있는데요?!"

"보는 건 텐군의 문제. 야야의 문제가 아니야."

"~~~~~~!!?!!!?!??????"

너무나 말이 통하지 않아 세이카는 눈을 껌뻑거렸다. 수다쟁이 빌어먹을 악마도 말을 잃을 때가 있구나.

"테, 텐진 선생님!"

마침내 당혹감에 빠진 세이카가 이쪽을 보고는,

"애 위험해요?! 뭔가, 설명하기는 힘들지만…… 엄청 위험해요!"

이제야 이해하셨군요. 위험함 빌보드 차트에서도 현재 주목을 받고 있는 기대의 신성이랍니다. 야야는 위험해.

"실례의 말씀. 야야는 늘 냉정해. 상황을 제대로 판단하고 있어."

흐리멍덩한 얼굴이 세이가 너머로 나를 보았다.

"텐군은 야야의 알몸에 성적 흥분을 느끼게 됐어?"

"……답변은 삼가겠어."

"봐."

"보긴 뭘 봐요! 제대로 수상쩍은 노코멘트잖아요! 그런 걸 상대에게 맡기는 것 자체가, 뭔가, 안 되는 거라구요?!"

세이카가 발을 동동 굴렀다.

그렇겠지. 너도 덜떨어진 소리를 하는 것 같아도 사실은 가드가 단단하구나. 그런데 야야의 저 모습은 기이하고 노골적이지. 이해해. 아주 잘 이해해.

최근 얼마간을 통틀어 기억에 없을 정도로 세이카에게 공감하게 되네.

"텐진 선생님은 미스터리어스하게 절절해 하지 말고 뒤로 도세요! 그동안 야야짱은 얼른 옷 입고! 텐진 선생님하고는 정말로 비즈니스 관계고 좋아하는 건 아니라는 걸 잘 이해했으니까요!"

"?"

알몸의 야야가 고개를 갸웃했다.

"텐군 싫어하지 않아. 신용하니까 벗고 있어."

"그런 의미가 아니고요! 연애적인 의미로요!"

"???왜 그렇게 생각해?"

"그, 그야, 좋아하는 사람 앞에서는 도저히 그렇게 행동할 수 없는걸요…… 보통은, 그, 좀 더 조신해진다고 할까……! 그렇죠, 네? 알잖아요?!"

세이카가 적반하장으로 화를…… 아니, 화낼 만했나? 아무튼 고함을 질러대며 흘끔흘끔 나를 본다.

참고로 당사자의 실내 수영복 스타일은 어떤 각도에서 생각하더라도 조신함과는 거리가 멀다.

짝, 하고 야야가 손뼉을 쳤다.

"그렇구나. 다시 말해 세이카는 텐군에게 연애 면에서 긍정적인 감정을 가지고 있지 않다?"

"하아아아아아?! 세이카가 리얼하게 제일 좋아하거든요?! 그그그그게 아니고! 아아니라고해야하나그런거시기가아니고요! 지금 이건 노카운트! 애초에 제 이야기는 아무 상관도 없잖아요?!"

"잘 모르겠어. 야야는 사람의 기분을 이해하지 못하니까, 하다못해 자신의 기분에는 솔직해졌으면 해. 좋아하는지 아닌지 확실히 해."

"왜 제가 힐문을 당하고 있는데요?! 그 이야기는 텐진 선생님 없는 데서 천천히 나누자고요! 네?! 필요한 건 옷 얘기예요!"

"? 연애 이야기 시작한 건 세이카였어."

"아아아아아아아아아진짜아! 네 제가 진짜 잘못했어요! 뭐든지 할 테니까 제발 몸에 뭐라도 좀 걸쳐요!"

머리를 감싸고 쿵쾅쿵쾅 날뛰는 세이카.

빌어먹을 악마가 이렇게까지 휘둘리는 게 어쩐지 신선해서, 이 귀중하고 흐뭇한 광경을 계속 시야에 남아두고 싶어지는걸.

"텐진 선생님 또 미스터리어스하게 흐뭇해하고 계시네요! 애초에 왜 이 상황에서 아직까지 당당하게 눌러앉아 계시는 건가요?! 아무리, 아무리 저라 해도! 의심의 세리눈맨으로 대변신하는 수가 있어요!"

"세리눈? 그게 누군데."

"세리눈맨! 평생 단 한 번, 텐진메로스의 진심을 살짝 의심한 세리눈티우스라고요! 메로스 선생님의 뺨을 짝 소리 나게 갈겨주기 전까진 저는 두 번 다시 포옹을 할 수가 없어요!"(다자이 오사무의 단편소설 '달려라 메로스'에 빗댄 말. 동생의 결혼식을 앞두고 사형을 당하게 된 메로스는 친구 세리눈티우스를 인질로 잡는 조건으로 결혼식 참석을 허락받는다. 세리눈티우스는 오지 않는 메로스를 꿋꿋하게 기다리다 딱 한 번 그를 의심하고, 늦게 도착한 메로스에게 이를 사과하며 뺨을 때려달라고 한다.)

"딱히 한 번도 포옹하지 않아도 되는데……."

"사지포학(邪知暴虐. 머리가 좋은 사람이 지혜로 포악을 저지른다는 뜻. 메로스를 인질로 잡은 디오니스 왕의 별명.)의 야한 텐진 선생님을 협박하려면 폭력일까요 경찰일까요?!"

무슨 라이트노벨 제목이냐?

"하지만 뭐랄까, 네 발언은 언제나 대체로 딴죽 걸 구석밖에 없다 보니, 가끔은 네가 딴죽을 걸면 뒷면의 뒷면이 앞면이 되는 거 같아서 참 혼란스럽다."

"저는 언제나 어디서나 올바르게 귀여운 세이카거든요?! 그건 그거고 아무리 두 분이 비즈니스 관계라 해도 12세 이상의 남녀가 알몸으로 교제하는 건 도덕적으로 좋지 않다고 생각하지 않으세요?!"

"거기다 윤리관까지 설파하고 있으니 더 혼란스럽네⋯⋯."

"안 돼요! 이런 건 안 된다구요! 보지 마세요! 보이지 마세요! 진짜! 진짜진짜! 부탁이니까, 진짜진짜진짜⋯⋯!"

후샤악—! 후갸악—! 하고 짖어대던 세이카가 마침내 눈물을 글썽거리게 되었으므로,

"알았어 알았어, 내가 잘못했다."

처리를 맡기고 나는 복도로 나갔다.

그렇게까지 남의 알몸에 동요할 줄은 몰랐다.

세이카가 기고만장해 귀찮게 굴 때는 나도 한번 확 벗어볼까낭. 이건 검토의 여지가 있겠어.

그런 생각을 하며 1층으로 내려가니, 뭔가 기묘한 목소리가 들려왔다.

프런트와는 반대쪽이다.

낡은 여관의 좁은 복도 안쪽, 남녀별 욕탕 앞. 옛날에는 흡연실이었던 조그만 공간에, 램프가 꺼져가는 자판기와 후줄근한 안마의자가 놓여 있었다.

그 자동 안마 기계에 앉아,

"아 아 아 아 아."

눈을 감은 토에가 불가사의한 소리를 낸다.

목욕을 마치고 나왔는지, 어제는 입지 않았던 유카타 차림이었다.

은백색 머리카락과 시크한 무늬가 마침 그라데이션을 이루어 어쩐지 주문해 맞춰 입은 것 같다. 설날에도 그랬지만 전통복이 의외로 잘 어울리네.

"우 리 는 우 주 인 이 다 아 아 아 아."

내가 정면에 서 있어도 토에는 눈을 감은 채 날 알아차리지 못했다.

안마의자에서 위아래로 흔들거리며, 한 음절 한 음절을 뚝뚝 나눠 발음한다. 아마 모모카 같은 녀석들에게 배운 거겠지. 손에 든 건 비품인, 마찬가지로 오래된 듯한 선풍기였다.

그걸 마이크 대신 들어선,

"혼 자 지 만 우 리 다 바 보 바 보 바 아 보 야 아 아 아."

보이지 않는 자유를 갈망해 보이지 않는 적을 열심히 때려눕히고 있다.

입을 헤벌쭉 벌린 채, 앞머리를 흔들흔들, 다리도 대롱대롱, 완전히 마음을 놓아버린 모습이었다.

방해하는 것도 저어되었지만, 역시 강사로서 아이들의 잘못은 정정해줘야 한다.

"……콘센트 빠졌어, 선풍기."

될 수 있는 한 부드럽게 말을 걸어봤더니, 의자 위에서 토에가 흠칫 몸을 떨었다.

"?! 우?! 우우우우우……?!"

그 바람에 선풍기를 떨어뜨려 무릎을 제대로 얻어맞아, 팔걸이를 펑펑 두드리며 목소리를 죽인 채 신음했다.

눈물이 배어 나온 눈이 나를 날카롭게 노려보았다.

"언, 제부, 터……!"

"지금 막 왔어. 뭔가 이상한 목소리가 들려서."

"이상, 안, 했어……! 일부러, 그런, 거……!"

움직이지 않는 선풍기에 일부러 목소리를 내다니, 그건 그거대로 더 이상한 녀석인데──라고는 말하지 않았다.

토에는 귀를 새빨갛게 물들인 채 부들부들 떨고 있었던 것이다. 무사 된 도리로서 나는 상냥하게 고개를 끄덕여주었다. 사람의 취미는 저마다 다 다르니까.

"꼭, 와줬으면, 할 때는, 안 오고, 이상한, 데에서만, 나타나……!"

떨어뜨린 선풍기를 잘 챙겨 바닥에 패스.

"내가 와줬으면 했을 때가 있었어?"

"한 번도 없었습니다!"

"왜 존댓말인데……."

안마의자를 멈춘 토에는 자신의 귀를 숨기며 더더욱 부루퉁하게 입을 꾹 다물었다. 언짢음의 심벌마크 같은 표정이다.

다만, 표정을 짓는 데에 정신이 팔린 나머지 유카타 쪽은 아직도 엉망이었다.

띠는 느슨해져 당장이라도 풀릴 것 같았다. 건강이 의심될 정도로 새하얀 쇄골과 그 아래의 볼록한 복숭아 같은 융기가 얇은 천 틈새로 어른거렸다.

"…………졸려."

나는 하품이 나온 김에 시선을 돌렸다. 꺼림칙하다고 느끼기에는 너무 무책임하고, 야하다고 느끼기에는 연령 차이가 너무 크다.

"…………!"

금세 옷이 흐트러진 것을 알아차린 토에는 후다닥 이쪽을 올려다보고,

"……안 본 척하고 있어……."

이제는 오만상을 찌푸리며 입술을 마주 비벼댔다. 어른의 대응이라고 생각한다만. 빤히 쳐다보다가 투덜거리는 건 어느 변태 하나면 충분하다.

"그리고 보니 너, 아침밥은?"

아침 식사 자리인 홀에는 토에도 나타나지 않았다. 사전에 여관에도 말해놨는지 식사도 나오지 않았지만.

"……아침은 원래 안 먹어."

꾸물꾸물 유카타를 고친 토에는 짧게 고개를 가로저었다.

"점심은 어떡할래? 우린 뭔가 사러 나갈까 어쩔까 얘기했는데, 같이 갈래?"

"됐어. 포테이토칩 있어."

"아주 프리덤이셔."

협조성 제로의 견본 같은 대답이었다. 평소보다 더 무뚝뚝한 것 같기도 했다.

"규칙적이고 균형 잡힌 식사를 해야 잘 자라지."

"……어차피 애들을 더 좋아하면서."

"뭐?"

"아침부터 계에속 애들 방에서 재잘재잘 꿍냥꿍냥, 들고양이 소리가 나한테까지 들렸거든?"

그리고 마침내 토라진 것처럼 고개를 돌려버렸다.

토에의 객실은 세이카의 옆방이니 울고 난리 치는 새끼고양이의 목소리는 이 싸구려 여관에서는 아주 잘 들렸겠지. 여관도 싼 게 비지떡이구나.

하지만 꿍냥거린 적은 신에게 맹세코 없었다만, 잠이 덜 깼냐?

"시끄러웠던 건 잘못했다, 어쨌든. 깨워버렸나 보네. 미안해."

"……원래 못 잤으니까 그건 됐어."

"아, 진짜? 베개가 안 맞아서?"

"베개는 잘그락잘그락 시끄럽고, 이불은 센베이처럼 딱딱하고, 바람은 계속 불어 대고, 전구는 켜는 법을 모르겠고, 여길 봐도 서길 봐도 깜깜하고, 화장실에 가는 것도 싫어지고, 계에속 혼자였고, 꾹 참고 웅크린 채 이불 뒤집어썼더니 어깨랑 허리랑 목은 아프고, 아침이 되니까 그 여자는 시끄럽고……."

한번 물어봤더니 무한히 푸념이 솟아난다.

원래 이 녀석은 히키코모리 기질이다. 오기 때문에 하코네까지 나온 것이 신기한 일이지, 애초에 익숙하지 않은 장소에서 자는 건 체질이 아니다.

"그럼 어깨 결려서 안마의자 쓰고 싶기도 하겠네."

"……그랬던 거야."

"조금 더 고급 모델이면 온몸을 다 풀어줄 텐데."

"누군가가 주물러줘도 좋겠다고 생각은 하지만, 어차피 여기엔 나한테는 아무 관심도 없는 사람들뿐이니까."

노골적으로 요구하네.

하는 수 없이, 의자 너머로 팔을 뻗어서 굳은 어깨를 통통 두드려주었다.

"……에……."

토에는 한순간 나를 올려다봤다가, 더더욱 언짢은 듯이 전방을 노려보았다.

"…………하나도 안 시원하거든?"

"그거 미안하게 됐다. 익숙하질 않아서."

"애들 어깨 안마하는 게 처음이야?"

"보통 애들한텐 안 하지. 할 기회가 없어. 하코네가 특별한 거야."

"그래……."

잠시 뜸을 들이더니, 토에는 어깨를 으쓱거렸다.

"……그럼 나도 특별히 연습시켜줄게. 못난 선생님이니까."

목소리가 상당히 부드러워졌다. 자판기 패널에 비친 얼굴도 기쁨으로 웃고 있다. ……아니, 왜?

약한 주제에 꼭 남보다 우위를 점하고 싶어하는 녀석이다. 뭘 양보해준 건지 1밀리도 모르겠지만, 내가 널 안마해서 기분이 풀렸다면 뭐든 상관없다.

학원 강사란 곧 서비스업이다. 아이들에게 봉사하는 것을 최고의 기쁨이라고 생각할 수 있도록, 세간의 비 로리콘 강사들은 끊임없이 의식을 개혁하자.

📖

스마트폰에 메시지 몇 개가 와 있었다.

안마 서비스를 대충 마친 후, 복도의 벽에 기대 선 채, 참조로 온 메일을 체크하고 메시지에 답신을 보냈다.

토에도 방으로 돌아가지 않은 채, 안마의자 위에 무릎을 끌어안고 앉아 자기 스마트폰을 만지작거렸다.

객실보다 복도에서 전파가 잘 잡히나?

"……있지."

이윽고 별 대수롭지 않다는 듯한 목소리가 들렸다.

"그 사람들, 작가라고 들었는데 진짜야?"

"그 사람들이라니…… 세이카하고 야야 말이야? 그야 작가긴 하지."

"흐응. 맨날 으스대는 고양이의 거짓말인 줄 알았는데."

"이해해~."

그놈이 업계인이란 현실은 나도 거짓말이었으면 좋겠단다.

또 침묵이 찾아왔다. 피차 스마트폰만 만지작만지작. 그리고 잠시 후, 다시 토에가 말했다.

"……당신은 그 업계 관련 일을 가르쳐주는 거고?"

"뭔가를 가르쳐주고 있느냐고 묻는다면, 이젠 아무것도 가르쳐주지 않지만. 어쩌다 보니 업무상 같이 있고 그러기는 해."

"흐응……."

토에는 스마트폰을 꼬옥 쥐면서, 화면에 언짢은 것이라도 나왔는지, 살짝 목소리에 가시를 담았다.

"······작가란 거 아무나 할 수 있어?"

"글쎄다······ 작가의 정의에 따라 다를지도······."

나는 어깨를 으쓱했다. 신학기에 6학년이 되는 아이들의 학부모 모임 대응에 대한 문자가 와 있었으므로, 대답은 띄엄띄엄 끊어졌다. 유급휴가를 자택 근무로 착각하는 경향이 있구만, 그놈의 열혈 대통령. 하코네에서 돌아가면 초등학생 입시에 관한 귀찮은 이야기가 기다리고 있다. 기대하시라.

"뭐······ 요즘은 진입장벽도 낮고 초기비용도 적게 들지. 작가 행세만 하고 싶다면······ 비유하자면 보습학원을 여는 것보다도 훨씬 간단할걸."

작가가 될 수 있느냐 아니냐는 본질적인 문제가 되지 않는다.

작가가 되는 것보다도 작가로 있는 쪽이 더 어려우니까 —— 같은 상투적인 말은, 내가 입에 담을 입장이 아니었다.

"흐응."

몇 번째인지 모를 맞장구를 치는 토에의 목이 위아래로 오르내렸다.

"그럼 차라리, 나도——."

"아?"

흘끔 시선을 들자 이쪽을 흘끔 바라보던 시선과 부딪혔다. 계속 보고 있는 줄 알았던 스마트폰의 화면은 깜깜

했다.

"너도, 뭐."

"나도…… 그 여자가 쓴 책, 읽을 수 있어?"

토에는 홱 옆을 보고 말했다.

아마 다른 걸 물어보려고 했던 것 같지만, 구태여 물을 마음은 들지 않았다.

"……읽으려면야 읽을 수 있지. 어쨌거나 평범한 라이트 노벨이니까. 고상한 문학도, 희귀본도 아니고."

"라이트노벨이란 건 읽어본 적 없는데. 어떤 책이야?"

"장르로 치면 러브코미디야. 아마도. 첫 줄부터 마지막 줄까지 그 녀석의 머신건 토크를 견뎌야 한다만."

"그럼 못 보겠네."

금세 단언한 토에는 다시 나를 흘끔 대각선으로 올려다 보았다.

"못 읽고 안 읽을 거지만. 세이카 책, 제목은 뭐야?"

참 철저하게 솔직하지 못한 녀석이다.

나는 쓴웃음을 지으며 재킷 안주머니를 뒤졌다.

"여기."

『야한 일이 주특기인 선생님이 나를 협박하는 건에 대해!』 1권을 내밀자 토에가 노골적으로 미간에 주름을 지었다.

"하? 뭔데 그거, 가지고 다녀? 무셔."

"무셔는 뭐가 무셔. 안 무셔."

"포스트잇 빽빽하게 붙여놨잖아. 무셔."

"무셔는 뭐가 무셔. 평범한 독서 스타일이셔."

작가라는 생물은 잘 팔리는 작품의 1권을 일상적으로 들고 다니며 상세하게 분석하는 경우가 흔히 있다.

숫자는 거짓말을 하지 않는다. 시장 분석은 반드시 작가의 피가 되고 살이 된다. 분함을 느낀 나머지 실제로 페이지를 뜯어먹어 피와 살로 만드는 경우도 있다. 이것이 소위 말하는 와신상담이구나.

"절대 평범하지 않을걸. 무서……."

토에는 낯을 찌푸리면서도 마지못한 듯한 태도를 가장하며 받아들었다.

"딱히 읽진 않겠지만, 수건 대신 빌려 갈게."

"남의 책을 적극적으로 적시려고 하지 마라. 넌 평소에 얼마나 딱딱한 수건을 쓰는 거야……."

"네 네, 알았어요 알았어요."

"왜 네가 넘어가 주는 분위기인데. 내 딴죽 무시하지 마라."

토에의 손은 책의 끄트머리를 잡고 있다. 제목이 적힌 등표지보다도 나란히 붙은 포스트잇을 손가락으로 훑고 있는 것 같았다.

보아하니 틀림없이 읽겠군.

세이카의 책은 엄청나게 팔린 만큼 강렬한 에너지를 느낄 것은 틀림없다. 재미있느냐 어떠냐는 둘째 치고, 읽어서 손해는 보지 않는 종류의 책이다.

토에는 주인공과 같은 또래고, 나하고는 다른 시점에서 감정이입을──

"······응?"

뭔가 중대한 실수를 한 것 같다는 생각이 드는데, 뭐 기분 탓이겠지.

"배터리 다 됐나 봐. 충전하고 올게."

여전히 새까만 스마트폰을 생각났다는 듯 쳐다보고, 토에는 안마의자에서 내려왔다. 방으로 돌아갈 모양이다.

"······챙겨줘서, 고마워."

이쪽에 등을 돌리고 걸으며 작은 목소리로 덧붙인다.

"응."

나는 슬쩍 웃었다. 약한 주제에 자꾸 우위를 점하고 싶어하는 것치고는 솔직한 녀석이다.

"진짜로 점심 사러 같이 나가지 않을래?"

"······왜."

"기껏 하코네까지 왔으니까, 그러는 게 재미있잖아."

"그 고양이랑 같이 있으면 재미있을 일도 강제로 덧씌워져 버릴 것 같은데."

"그건 그거대로. 재미있는 것도 재미없는 것도, 어느 한

쪽으로 극단적인 편이 나아."

"오버하네."

토에는 어깨를 으쓱하고는 계단을 올랐다.

"……농담 아니라면, 생각해볼게요."

마지막으로 조그만 목소리가 내려왔다.

농담할 마음은 없었다.

적어도 토에에게는, 이것은 틀림없는 여행이다.

학교에 다니기를 그만둔 사람의, 수학여행이자 졸업여행.

그러니 재미있는 일은 재미있는 대로, 재미없는 일도 재미없는 일 나름대로, 기억에 남는 형태로 지내주기를 바랐던 것이다.

그것이 제자에 대한 강사의 책임이다──라고 오버를 떨 생각은 없고.

그냥 공연한 참견이다.

너도 중학교 졸업 축하해.

나도 일단 방으로 돌아갈까 생각했을 때, 스마트폰이 울렸다.

"……어우."

액정 화면을 본 순간 또 하나의 현실로 끌려 나왔다.

표시된 이름은, 초대 담당자.

중학생과 보내는 한순간의 바캉스는 여기서 끝.

괴롭고 힘든 일 이야기가 또 시작된다.

『아~ 진짜 미안해!』

수화기 너머에서 들려온 목소리는 생각보다도 쾌활했다.

노이즈와 함께, 플랫폼에 흐르는 안내방송이 끊임없이 들려왔다. 어딘가 환승역에서 전화한 모양이다.

『이쪽에서 먼저 얘기 꺼내놓고는 텐데 선생이랑 야야야 선생을 이틀이나 방치하게 될 줄은 몰랐지 뭐야. 문제를 너무 우습게 봤어. 미안해.』

"급한 문제란 것도 결국, 다음 달 출간작의 일러스트레이터 사정이었지? 편집자 탓은 아니잖아."

『아, 그거 아니야. 일러스트는 무사히 받았는데.』

"응?"

『이번에는 작가랑 연락이 끊겨버렸어. 아무래도 완성도에 납득이 안 간다나 뭐라나 하면서, 저자교를 받은 채로 착신 거부. 그래서 급기야, 이번에는 나하로 날아간 거야.』

『나하아?!』

홋카이도 끄트머리의 아바시리에서 오키나와까지 가냐고……. 이게 무슨 지옥이야.

『보통이지 보통! 이게 편집자의 일상인데?』

쾌활하고, 또한 감정이 없는 목소리였다. 오싹해지는 구만.

『우린 재능의 노예니까 말이야. 무능한 놈이 게으름 부린 거면 패죽였겠지만, 작품의 퀄리티를 뭔지를 인질로 잡고 있으면 배를 갈라서라도 책임을 지고 발을 핥아줄 수밖에 없잖아.』

"야 야, 표현이 무섭다……."

『하하하, 농담 농담. 이렇게 해서 조금이라도 작품이 좋아지고 팔릴 가능성이 올라간다면야 만만세지. 온갖 방면에서 욕을 먹든 무릎을 꿇고 빌든 재미만 있으면 장땡. 노예 된 보람이 있는 거지!』

"그, 그러냐……."

어디까지나 개인의 견해입니다. 결코 현대의 노예제도를 권장하는 것이 아닙니다. 우리 작가는 항상 혜택받지 못하는 편집자 측에 서서 행동하고 싶습니다.

『그런고로 억지로 재교 원고를 받아서, 간신히 가제본에 반영하고 확인까지 했으니까, 이제 그쪽으로 갈까 하는데.』

초대 담당자는 일이 그 지경이 됐는데도 아직 하코네에 올 생각인가보다. 일에서 삶의 보람을 느낀다는 녀석들은 다르구나. 월급 50만 엔짜리 재미없는 생활보다 월급 30만 엔짜리 재미있는 일을 하는 편이 낫다고 어떤 할아버지도 그랬지. 이 녀석은 50만 받으면서 재미있게 일하니까

우승.

『보내준 아이디어 대충 봤어. 흥미로운 안이 몇 가지 있던데.』

"그 스케줄로 벌써 체크까지 했냐고⋯⋯."

어제 하루 동안, 이번 경쟁 기획의 아이디어를 몇 가지 보냈다.

이 워커홀릭 앞에서는 자연스레 일을 진행하게 되고 만다. 나도 중학생 바캉스에 푹 빠지기만 했던 건 아니다. 누가 좀 칭찬해줘.

『지금 당장 구체안을 잡고 싶지만, 그런 이야기는 만나서 하려고. 날씨가 안 좋으니까 텐데 선생은 그대로 여관에 있어 줄래?』

"여기는 얘기할 데가 없으니까 근처 호텔의 휴게실 같은 데에서 하는 게 낫겠다── 그보다도. 아직 야야한테는 리액션을 못 받았어. 시간을 좀 줘."

나는 공연히 2층을 올려다보았다. 그 녀석 이젠 옷 다 입었으려나⋯⋯.

아이디어를 정리해 초대 담당자와 야야에게 문자로 보냈는데, 야야는 아직 반응이 없다. 세이카와 같은 방에서 묵으면서 야야만 일을 하라는 것도 잔인한 이야기다.

『아⋯⋯ 그건, 별로 신경 안 써도 될 거야.』

"왜? 이 경쟁 기획은 야야랑 공저하는 게 전제잖아?"

오리지널 애니메이션의 원작으로, 둘이 함께 소설을 쓴

다는 이야기였다.

원래는 아이디어 제시부터 무릎을 맞대고 함께 해야 하는지도 모르지만, 아무래도 그런 방식은 익숙하지가 않았다.

작가의 일이란 기본적으로 혼자 하는 것이다. 편집자에게 조언을 받기는 하지만 근간은 뇌의 작은 방에서 끙끙 앓으며 생각한다. 이제까지는 그렇게 했다.

"아무튼 아이디어만은 개별적으로 제출하는 걸로 했어. 야야하고 둘이서 여러 가지 기획안을 모으고, 거기서 서로가 쓸 수 있을 만한 걸 추려나가는 방식이 좋지 않을까?"

『아니, 으음…… 텐데 선생은 남의 아이디어로 글을 쓸 수 있어?』

"그건, 해보기 전까지는 모르겠지만."

데뷔한 지 올해로 6년 차지만, 남과 작품을 처음부터 같이 만든 경험은 아직 없다.

혼자 쓸 때는 소홀해지기 쉬운, 생각의 언어화와 개념 공통화가 필수적이다. 하나하나의 과정을 꼼꼼히 진행해야만 제대로 된 작품이 나올 것이다.

『그럼 텐데 선생. 난 작가가 아니니까 표현을 잘 못 하겠지만. 둘이 각자 자기 아이디어를 가지고 따로따로 써보면 어떨까?』

"그건 공저도 뭣도 아니잖아……."

공저라는 것은, 세계관을 공유한 후에 자신의 개성을 드러내는 것이다. 아마도.

　세상에 나온 공저 소설이 괴작뿐인 이유는 한정된 조건 속에서 상대방을 깔아뭉개려고 진심으로 주먹을 휘두르기 때문일 것이다. 해보면 의외로 재미있지 않을까 하는 생각이 든다. 잘 모르지만.

　『응, 하지만…… 억지로 상대에게 맞추다가, 서로의 좋은 점을 없애지는 말라고.』

　"……이봐, 무슨 말을 하고 싶은 거야."

　나는 스마트폰을 귀에서 떼고 손을 노려보았다.

　초대 담당자는 아까부터 계속 애매한 말을 하고 있다.

　엄청나게── 위화감이 든다.

　『……그래. 그럼, 확실하게 말할까.』

　플랫폼에서 어딘가로 이동하는 듯했다. 초대 담당자의 목소리가 깨끗해졌다.

　『이번에는 둘이 각자 기획을 내서, 물량 공세로 가는 게 좋지 않을까.』

　"……물량?"

　"그래. 경쟁 기획에서는 손이 빠른 것도 요구되니까 말야, 독자들이 봤을 때 뭐든지 쓸 수 있구나, 많이 쓸 수 있구나 하는 인상을 주는 게 좋아. 그래서."

　초대 담당자는 아무렇지도 않다는 듯이 덧붙였다.

　『그걸 전부 야야야 선생님의 이름으로 내고 싶어.』

한순간, 무슨 소리를 들은 것인지 이해할 수 없었다.

내가 쓴 글을, 야야 이름으로 내?

귀를 의심하는 사이에 초대 담당자는 유창하게 말했다.

『야야야 선생에게는 나이라는 절대적인 카드가 남아있어. 어디의 신입 편집자가 망쳐놓을 뻔했지만, 아직 어려. 양과 질을 확실하게 담보로 잡으면, 늦게나마 세이카 선생 같은 어필이 가능할 거야.』

"……나는?"

『텐데 선생의 이름은 처음에는 안 내려고 해. 궤도에 오른 후에 공저 형식으로 보여줬으면 해. 잘 팔리고 내용이 재미있으면 텐데 선생도 반드시 좋은 평가를 받을 거야. 그때까지만 참아.』

갑자기 철판구이 가게에서 나눈 대화가 되살아났다.

『경쟁 기획이라 가능한 비책이 있으니까.』

분명, 당당하게, 초대 담당자는 그렇게 말하지 않았던가.

경쟁 기획, 컴페티션은 일반적인 시장과는 다르다. 결정권을 쥔 일부 높으신 양반들의 의견이 크게 반영되는 곳이다.

여중생 데뷔 작가란 타이틀은, 아주 잘 먹히겠지.

"……둘이서 쓴 작업량을, 혼자 다 한 것처럼 꾸며서, 야야야 야야라는 신진기예의 10대 작가를 홍보한다고. 그게 네『비책』이었어?"

『맞아. 텐데 선생은 고생을 해야겠지만. 팔기 위해서는 뭐든지 한다고 그랬지? 부디 견뎌줘.』

쾌활한 그리고 감정을 드러내지 않는 목소리로 초대 담당자는 말했다.

이 자식은 이런 목소리를 낼 수 있는 녀석이었던가.

이름을 드러내지 않는 일은 작가의 죽음과 같은 말.

그걸 알면서, 나한테 죽으라는 건가?

『아, 오해하지 말았으면 하는데—— 이건 텐데 선생을 위해서이기도 해.』

후우 숨을 토해내고, 초대 담당자는 잠시 간격을 두었다.

『까놓고 말해서, 지금 이대로 선생이 소설을 계속 써봤자 이 시장에서는 영원히 주목받지 못해. 중견 작가가 명확한 노림수도 없이 내는 신작은 99퍼센트 빗나가. 선생도 그건 잘 알잖아?』

"……그건, 그래, 그렇지."

『낚시는 고기가 있는 데서 하는 거야. 우선 경쟁 기획이라는 자리를 이용해서 화제를 제시해 주류층에게 들이대자고. 읽게만 만들면 그다음엔 쉬워.』

"어떻게, 그렇게 되는데?"

『그야 텐데 선생한테는 재능이 있으니까. 내가 보장해. 선생은 틀림없이 재미있는 걸 쓸 수 있어. 시장에서 정당한 평가를 받지 못한다면 내가 억지로라도 팔아줄게. 말했잖아. 설령 악마에게 혼을 팔아서라도 그 이상으로 팔아주겠다고.』

말에 열량이 넘쳐흐르는 것을 느꼈다. 뜨겁지 않은 듯 뜨거운 목소리였다.

하지만, 그 열에는.

무언가 중요한 것이, 빠져 있다는 생각이 들었다.

"……이봐, 그거 정말, 허용되는 방식이야?"

『물론. 텐진 선생 이외에 허용하지 않을 사람이 있을까?』

——나는 모르겠다.

다만 딱 한 가지 알 수 있는 것이 있었다.

"너—— 역시 변했구나."

나에게도 여러 가지 일이 있었듯, 초대 담당자에게도 지난 5년 동안 많은 일이 있었겠지.

세상에는 변하는 것과 변하지 않는 것이 있다.

초대 담당자는 아마도, 시장의 현실과 싸워나가면서, 어쩔 수 없이.

근간을 이루는 부분이 결정적으로, 변하고 말았던 것이리라.

『난 하나도 변하지 않았어. 재미있는 걸 팔리도록 만들고 싶을 뿐이야.』

"그러기 위해, 텐데 타로의 이름을 숨기자고?"

『그렇고말고. 난 재능의 노예니까, 재미있는 작품이 매몰되는 건 견딜 수 없어.』

초대 담당자는 딱 잘라 말했다. 아무런 망설임도 없었다.

편집자는 재능의 노예이며.

원래부터 작가의 친구가 아니다.

팔리고 재미있으면, 그것이 누구의 이름으로 쓰이더라도 상관없다.

그런 것이다. 유감스럽게도.

『이번 이야기는 기회야. 텐데 선생은 더 재미있고 잘 팔리는 걸 써야 해. 팔리지 않는 책, 하물며 재미없는 책은 쓸 의미가 없어.』

신랄한, 그러나 당연한 말이 스마트폰에서 계속 흘러나왔다.

『작가는 자신이 쓰고 싶은 것과 쓸 수 있는 것을 우선시하기 쉬워. 마음은 이해하지만 말이야. 그런 작가에게 써야 할 것을 제시하는 게 편집자라고.』

"그게…… 그것도, 네 편집자로서의 신념이냐."

『그럴지도 모르지. 그런 의미에서 보면 선생이 지금 쓰고 있는 작품은 최악이야.』

마왕과 용사 짝퉁의 슬로우 라이프 시리즈 이야기다. 얼마 전 4권을 내지 못한다는 통고를 받았던 따끔따끔한 연재중단작.

『재미없는 추종 기획 같은 건 집어치우고, 더 큰 곳에서 큰 스케일로 책을 쓰자고. 그만한 재능이 있으니까.』

"……읽었냐."

『읽었지, 당연하지. 담당 편집자한테는 분노마저 느꼈어. 시장의 흐름에 편승한다 해도 텐데 선생의 개성을 죽일 필요까지는 없잖아.』

나는 천장을 올려다보았다.

아아―― 의심할 여지도 없이, 이해하고 말았다.

이 자식은, 내 책을, 제대로 읽지 않았다.

왜냐하면, 적어도, 나의 개성은 죽지 않았으니까.

1년쯤 전, 학원 뒤의 주차장에서 세이카와 만나, 그 빌어먹을 악마의 언동에 가증스럽게도 감명을 받아버리고―― 있는 힘껏, 할 수 있는 한, 영혼을 담았다.

클라이맥스 부분부터 거슬러 올라가, 결국 거의 전체를 대폭 수정했다.

알아볼 사람은 알아볼 수 있도록 썼다. 2권도 3권도, 팔리지는 않더라도 내가 재미있다고 생각하는 것을 전력으로 욱여넣었다.

그걸 모를 네가 아니잖아.

데뷔작의 환영에 사로잡혀서, 그 후의 나를 제대로 알려고도 하지 않았지?

『…………그러게. 그 작품은 이미 끝났어.』

질문 대신 작은 한숨을 쉬었다.

초대 담당자에게도, 시장에도 잘못은 없다. 읽을 마음이 들도록 만들지 못한 나만이 잘못하고 있었다.

다만——

『그거 잘됐네. 선생한테는 재능이 있어. 재미없는 책을 계속 써봤자 무의미해. 이쪽 기획을, 나랑 둘이 반드시 성공시키자고.』

——나에게는 재능이 있다.

매장사에게도 이와 비슷한 말을 들었다.

그놈도, 초대 담당자도.

나를 높이 평가해주는 녀석들이, 지금의 나를 전혀 보지 않는다는 현실이, 여기에 있다.

이 얼마나 웃기는 아이러니인가.

재능의 노예가 늘어놓는 열렬한 말을 들으면서, 나는 차갑게 웃었다.

📖

초대 담당자가 이쪽으로 오기 전에, 야야에게는 지금의 이야기를 전해둬야겠다고 생각했다.

중학생 녀석들도 슬슬 수영복의 열기가 사그라들었겠지.

객실 문을 노크하고 기다리기를 잠시. "들어오세요"라고 말하는 세이카의 목소리는 예상대로 아주 차분했다.

목소리로 판단하건대 알몸 소동의 여파는 어디에도 없었다.

좋아, 이 정도라면 분명 틀림없이 괜찮겠지!

나는 안심하고 들어갔다.

실내에는, 역시 조용하고 차분한 공기가 흐르고 있었다.

기이할 정도로 조용하고 차분하다, 고 해도 과언이 아니었다.

노트북 PC의 키보드를 두드리는 소리와 대학 노트에 펜을 굴리는 소리만이 들려왔다.

세이카와 야야 두 작가는 그저 묵묵히 집필을 하고 있었다── 수영복 바람으로.

"뭐 하냐……?"

아니, 어, 진짜 뭐 하는 거야? 왜 수영복 바람으로 탁자를 끼고 앉아 있는데?

"일하는데요?"

보고도 모르시겠나요? 하는 표정으로 세이카가 말했다. 그렇지. 언어적으로는 알겠다만, 직접 보니 오히려 알 수 없어서 물어보는 거란다.

"수영복 바람으로 다다미방에서 정좌한 채 둘이 진지하게 글을 쓴다는 건, 객관적으로 보면, 아마 너희가 생각하는 것보다 꽤나 엽기적이고 무서울걸."

"후후후, 텐진 선생님도 이상한 말씀을 하시네요."

세이카는 노트에서 시선을 떼지 않은 채 입으로만 미소를 지었다.

"여긴 유넷선이에요."

"아?"

"워터 슬라이드에서 야야짱하고 실컷 놀았으니까, 휴식을 겸해 푸드코트에서 간식을 먹으면서 해먹에 누워 각자 일을 하고 있죠."

망상력 쩌다……. 자기가 말 꺼냈던 세계에 자기가 푹 빠져버렸잖아.

방구석에는 몇 겹으로 쌓인 방석이며 이불의 슬로프가 있고, 탁자 위에는 조촐한 다과가 16분할 정도로 작게 쪼개져 있었다. 두 사람의 뒤에는 시트를 집어넣어 구색만 갖춘 듯한 쿠션이 있었다.

참고로 야야의 수영복은 아까 봤던 디자인의 비키니였다. 패션 센스, 는 없는 것 같다. 무늬에 별로 집착하지 않는 듯하고, 심지어 사이즈에도 집착하지 않는 것 아닐까. 흘러넘칠 것 같은 가슴이 모 민짜몸매와의 경이로운 가슴둘레 격차를 웅변으로 말해주고 있었다.

"뭐, 너희가 재미있다면야 상관없다만……."

나는 여러 가지를 포기했다.

망상 유닛선을 그렇게까지 만끽하면서도, 휴식이라고 해놓고 집필에 몰두하는 것이 무시무시하다.

세이카는 글을 쓴다는 행위를 정말 좋아하는 거겠지. 나와 만나기 전부터 어이없을 정도의 대하 장편을 노트에 써 갈겨대고 있었고, 데뷔한 후로는 거의 모든 생활시간을 집필활동에 바친다.

이 끊이지 않는 정열은 솔직히 존경심이 든다.

"......."

맞은편의 야야는 세이카의 그런 모습을 빤히 바라본다.

"네가 외양부터 챙기고 들어가는 타입인 건 알았는데, 너무 지나치게 열심이다. 아직도 세이카의 이론을 지지해?"

"응. 여러모로 배움을 얻고 있어."

흐리멍덩한 시선은 매우 진지했다.

빌어먹을 악마를 위해 자신을 억누르고 동참하는 것이 아니다.

라이벌로 삼은 동기 작가와 같은 식으로 지내는 것이, 이 녀석에게는 무엇보다도 중요한 일인 것이다.

"......방해해서 미안하다. 나중에 다시 올게."

한숨이 새어 나왔다.

우선 사항은 누구에게나 있다. 초대 담당자의 『비책』은 나중에도 들려줄 수 있다. 야야가 스스로 바라던 시간을 내가 방해할 권리는 없다.

뒤로 돌아섰다가,

"응?"

발이 움직이지 않는다는 것을 깨달았다.

아래를 보니, 발목을 단단히 붙든 공포의 수영복 귀신이 있었다.

"——텐진 선생님, 넌 내거야! 예요!"

"엑, 무셔……."

아니 진짜 무섭다고. 잠깐 시선을 뗀 틈에, 세이카 자식, 슬라이딩으로 내 발밑까지 왔어.

"텐진 선생님에게도 수영복을 입으라고는 안 하겠어요. 안 하겠지만! 그래도 하다못해, 일말의 상냥함이 있어도 좋지 않을까 하는데요! 안 그러면 이제는 한 글자도 못 쓸 거예요!"

그 자세로 평소의 바둥바둥 떼쟁이 모드에 들어가는 하이퍼 빌어먹을 악마씨. 내 존경은 예쁘게 포장해서 돌려다오.

"상냥함이란 게 뭔데……."

"저 지금 열심히 일하고 있어요. 그런 기특한 제자에게 배려를 해줘야지, 하는 정도의 마음을 가지셔도 좋지 않을까요?"

"그래서 방해되지 않게 나가고 있잖아."

"아니에요, 그게 아니라고요! 제가 집필하고 있을 때 가만히 뒤에서 안아준다거나! 차를 끓여와 입으로 먹여주신

다거나! 지친 허리를 한껏 조물조물해주신다거나! 그런 거야말로 배려죠, 옛날부터 업계의 상식이었어요!"

"네 취향은 진짜 수수께끼만 깊어지는구나."

적어도 내가 집중해서 글을 쓰는 도중에 그런 짓을 당한다면 상대를 힘껏 후려갈길 자신이 있다.

"그럼그럼, 하다못해하다못해, 머리를 쓰다듬어주세요! 장시간의 집필로 피곤에 찌든 세이카의 귀여운 머리를!"

"왜 그렇게 되는데……."

"이렇게까지 양보했는데, 개인 레슨 강사이신데, 이제는 제 부탁은 들어주지 않으시려는 거군요. 로리콘 선생님에게 고등학생이란 버려질 운명인 거군요, 훌쩍, 훌쩍훌쩍……."

손바닥으로 얼굴을 가리고 흑흑거리는 소리를 내는 빌어먹을 악마.

빌어먹을 우는 시늉이 너무 빌어먹을 정도라 빌어먹을 기분이지만 이렇게 되면 거부하는 게 더 귀찮다.

"……나 원……."

그 자리에 쪼그려 앉아 그래그래, 쓰담쓰담, 드득드득드득. 무심한 고릴라가 되어 세이카의 머리를 쓰다듬었다. 가능하면 마찰열로 소멸해주면 안 될까.

"에헤헤! 고맙습니다!"

잠시 후, 바나나 껍질이 벗겨지듯 두 손이 얼굴에서 착 떠났다.

"텐진 선생님, 걸려들었네요!"

"하아."

"처음에 무리한 부탁을 드린 다음 진짜로 원하는 작은 부탁의 승낙을 받아내는 교섭술, 이게 바로 도어 인 더 페이스 테크닉이에요!"

"그냥 울며불며 하소연이었잖아⋯⋯."

"이기면 관군 지면 역적, 들어주신 건 사실! 더 쓰다듬어 주세요! 귀여운 세이카의 머리를 쓰다듬을 권리가 있는 건 텐진 선생님뿐!"

미소의 꽃이 피고 있다. 와아 귀여워라. 패고 싶은 이 얼굴. 지금 당장 패자 이 얼굴.

응징의 주먹을 굳게 쥐었을 때, 빠안히.

"⋯⋯저기이, 텐진 선생님. 이제 기운, 나셨어요?"

내 손바닥 밑에서, 캐는 듯한 윗눈질이 나를 본다.

"뭔 소리야?"

"방에 들어오셨을 때, 조금이지만, 기운이 없는 것처럼 보여서요⋯⋯. 무슨 일이 있었는지는 모르겠지만, 저는 텐진 선생님이 슬픈 건 싫어요."

말문이 막혔다.

그걸 어떻게 알아봤냐.

난 표정으로 드러내지 않는 걸로는 정평이 났는데.

"후후후, 저는 텐진 선생님의 일이라면 전부 통째로 다 내다보고 있으니까요!"

세이카는 머리를 고양이처럼 슥슥 문질러대며 입가를

한껏 틀어 올렸다.

"배려를 잘하는 세이카에게 새삼 다시 반하셔도 된답니다?"

"……냉정하게 생각해보니, 네 머리를 쓰다듬으면 내가 기운이 난다고 생각하는 거 이상하지 않냐. 사고회로를 1밀리도 모르겠다."

"그렇지만 당연하잖아요? 귀여운 세이카의 미소를 볼 수 있는걸요. 아무리 청개구리 같은 텐진 선생님이라도 당연히 기운이 나겠죠!"

"세상은 잔혹해. 눈썰미가 좀 있어봤자 머리가 이상하면 어디에도 쓸모가 없구나……."

"머라고요?!"

나 원, 못난이 주제에.

가끔 이렇게 예리해서 난감하다.

"…………."

세이카의 머리를 실컷 강제로 쓰다듬는 동안, 깨달은 것이 한 가지.

좌식 탁자 맞은편에서, 야야가 1초도 시선을 떼지 않은 채 우리를 보고 있었다.

"………………."

평소의 흐리멍덩한 얼굴에, 기분 탓인지, 축축하고 온도가 낮은 감정이 섞여 있는 듯한 감각이 들었다.

"헉?!"

가끔 예리하지만 대체로 못난이인 세이카가 매우 뒤늦게 사태를 인식하고. 반짝 감 잡았다는 듯 두 손을 뺨에 가져다 댔다.

"어떡해요! 텐진 선생님에게 어리광을 부릴 수 있는 세이카를 야야쨩이 부러워하고 있어요! 나 어떡하면 좋아, 동갑내기 아이에게 질투를 사고 말았어요! 들썩들썩 연애 소동이네요. 이런 거 동경했답니다!"

".........................."

"어라, 하지만. 야야쨩은 텐진 선생님과는 비즈니스적인 관계죠?"

표정을 이리저리 바꿔가며 원맨쇼를 하는 세이카에게 나는 한숨을 쉬었다.

축축한 시선으로 쳐다보는 야야를 대신해 설명해주었다.

"얀마, 야야는 경멸해서 어이없어하는 거야."

"뭐라고요?! 어디에 그런 요소가 있었나요?"

"전부다. 동갑내기가 하는 짓 하는 말마다 다 질겁한다고. 그렇지, 야야?"

말을 걸어봤더니, 야야는 노골적으로 싫어하는 표정을 지었다. 진짜 표정에 잘 드러나네, 저 녀석.

한 템포 늦게, 어쩔 수 없다는 듯 입을 열고는,

"야야도 기계는 아니야. 텐군이 세이카에게 애착을 느끼는 건 알고, 세이카가 텐군을 좋아한다는 것도 알아."

"바, 반대예요, 반대! 텐진 선생님이 저를 좋아하고 사랑해 마지않는 거라니까요!"

"다만── 야야는 도저히 모르겠어."

세이카를 천천히 가리킨다.

정확하게는, 세이카의 머리에 얹힌 내 손을.

"그런 비논리적인 육체적 접촉을 바라는 이유."

"……흐에?"

"타인의 알몸을 텐군에게 보여주는 것, 자신의 호의를 솔직하게 인정하는 것에 세이카는 강한 수치심을 보여. 그런데 왜 스스로 텐군과 접촉하기를 원하는지. 접촉에 무슨 의미가 있는지. 야야는 잘 모르겠어."

"잠까, 엑, 아으……?!"

세이카는 금방 당황했다.

갈팡질팡하면서, 나를 올려다보고, 핵 떨어졌다.

"야, 야야짱, 그게 아니라고요, 가차 없네요, 그런 말은, 좀 더 뭐랄까, 적절한 장소 적절한 분위기에서 하죠……?"

뺨이 붉어지고 머리에서 김이 나올 것 같았다.

이 빌어먹을 악마에게서 이런 반응을 끌어내다니 대단하다. 강하구나, 야야.

나는 다시 탄식하고는 세이카 대신 설명했다.

"이봐, 야야. 이 녀석한테 논리를 요구해봤자 소용없어."

츠츠카쿠시 세이카의 행동은 모두 순간적인 감정으로만 이루어져 있다. 그러므로 생각해봤자 의미가 없다. 고양이에게 물린 셈 치고 포기하는 게 빠르다.

"테, 텐진 선생님이 저한테 신랄해요! 호감도가 1점도 안 느껴져요?!"

"이래저래 소란 끼쳐서 미안하다……. 지금부터라도 방을 따로 쓸래?"

바둥바둥 날뛰는 세이카를 무시한 채, 나는 탁자에 팔을 짚고 턱을 고였다.

여관은 여전히 한산하다. 방은 마음대로 잡을 수 있을 것이다.

"……이대로 있을래."

야야는 천천히 고개를 가로저었다.

"세이카와 같은 방을 쓰길 바란 건 야야 자신. 야야는 세이카에게서 많은 걸 흡수해야 해. 야야는 세이카처럼 되고 싶어."

"오오 야야짱, 마음의 벗이여! 악마 츤데레 텐진 선생님보다 훨씬 다정해요! 세상 사람 모두 야야짱처럼 되어~라!"

두 팔을 벌리며 달려들려 하다가, 세이카는 어리둥절 고개를 갸웃했다.

"……으음? 하지만, 질투는 아니라고 하셨죠. 저처럼 되고 싶다는 건, 도대체 모대체?"

"아까 텐군의 분석은, 반은 맞고 반은 틀렸어. 어떤 의미에서, 야야는 세이카를 부러워해."

"오, 오오? 어떤 의미에서……?"

"맑은 날에 내리는 눈을 볼 수 있다는 의미에서."

──흠칫 놀랐다.

나는 나도 모르게 야야를 보고, 야야는 흐리멍덩한 표정을 한 채 세이카를 빤히 보고 있다.

그 말을 당사자에게 직접 할 줄은 몰랐다.

『맑은 날에 내리는 눈을 보는 정도는, 우리도 할 수 있을지 모른다.』

그것은 나와 야야가 북카페에서 서로에게 했던 말이다. 야야의 눈물 속에서 태어난, 순수한 기도의 말이다.

세이카를, 재능의 소유자를, 평범한 인간이 따라잡기 위한.

"으음, 으~음, 매우 난해한 비유를 하시네요……."

하지만 순수한 기도란 것은 순수하면 순수할수록 무력하다. 그 기도는 분명 우리에게만 통할 것이다.

그러니 기껏 못난이 빌어먹을 악마가 의아해하며 입을 다물어주었건만.

"다시 말해, 작가로서의 이야기. 동기 작가로서."

논리에 집착하는, 무표정 아가씨의 입은 멈추질 않고.

"──야야는, 세이카처럼 잘 나가고 싶었어."

공손하고 정중하게, 질투와 시기를 선언했다.

"작가로서, 나처럼——."

세이카는 눈에 물음표를 뱅글뱅글 달아놓고 있었다.

고스란히 드러난 적의를 받으면서도 생각하기를 한 순간.

"그렇군요. 하기야 세이카의 책은 엄청나게 잘 팔리고 있으니까요. 동경하는 마음, 잘 이해해요."

솔직하게 받아들이고 앉았다. 이 자식 진짜, 여러 가지 의미에서 멘탈 초합금이네…….

"그렇다면 이야기는 간단해요. 야야짱도 러브코미디를 써요!"

"……뭐?"

"지금 세상은 유례를 찾기 힘든 러브코미디 붐! 제가 이렇게까지 잘 팔린 것도 분명 시대의 트렌드를 잡았기 때문일 거예요. 다음 작품은 러브코미디, 이걸로 결정!"

"야야는, 아니, 그런 의미가."

"괜찮아요, 마음의 벗이여! 저와 야야짱 사이인걸요. 러브코미디 제일인자인 세이카가 러브코미디 쓰는 법을 힘껏 가르쳐주겠어요!"

당황하는 야야의 손을 꼭 쥐고 까루룽 윙크를 3초간. 그래그래 귀여워. 빌어먹을 속 뒤집혀.

나도 안다. 여기 있는 것은 본심에서 우러난 선의뿐이다.

그렇기에 야야도 떨쳐내지 못하고, 어쩔 수 없이 탁자 앞에서 자세를 고쳐 앉았다.

……실제로 예전에 비해 러브코미디 장르가 기세를 회복하는 것 같기도 하다. 그러나 세이카가 수상작을 인터넷에 연재하던 시점에서는 러브코미디는 불모의 대지나 다름없었을 텐데. 잘 나가는 작가의 시장분석능력, 어떻게 된 거냐.

"잘 들으세요, 야야짱. 조금 전에 좋아하는 사람과 접촉하고 싶어하는 의미를 모르겠다고 하셨죠. 그 부조리야말로 러브코미디의 진수예요."

세이카는 가공의 패션 안경을 척 장착. 백의 대신 카디건을 걸치고 이미지너리 칠판 앞에서 교편을 쥐었다.

하지만 아래는 여전히 수영복이라, 이거 뭐냐, 엄청 특수한 플레이를 할 수 있는 업소 같네……. 한시라도 빨리 적발해서 파멸시키고 싶다.

"사랑이란 여름철 더운 날의 아이스크림 같아요. 이 사실을 생각해야만 해요. 모습이 보이기만 해도 기뻐지고. 닿으면 녹아버린다는 것을 알면서도 참을 수 없는. 그런 감정이, 사랑인 거예요. 그런 마음을 쓰는 것이 러브코미디예요."

이 자식은 글 쓰는 이야기가 되면 떠벌떠벌 잘도 입을

움직이는구나.

"……그거, 말하면서 창피해지지 않아?"

야야는 세이카를 흐리멍덩하게 올려다보았다.

온갖 것들을 세이카에게서 흡수하려던 손은 아무것도 메모하지 못한 채 멈춰 있었다.

"창피할 리가 있나요. 모두가 누군가를 좋아하게 되면서 생명을 다음 세대로 이어왔던 거예요. 사랑은 숭고해요."

희망으로 가득 찬 가치관이다. 중학생이 보는 세계는 너무나 눈부시구나.

"?"

하지만 야야는 고개를 갸웃했다. 동갑내기가 다른 세계를 보고 있다.

"그런 게 아니라. 세이카는 아까까지 텐군 이야기를 부끄러워했을 텐데."

"잠깐잠깐잠깐! 이건 어디까지나 러브코미디 작법에 대한 이야기라니까요! 현실과 픽션을 섞으면 안 돼요. 제 이야기가 아니니까요."

"아아, 그런 논리……."

야야는 무언가에 납득한 것처럼 고개의 위치를 되돌렸다.

"그렇다면 픽션으로서 질문. 쓰면서, 창피해지지 않아?"

"창피할 때도 가~끔 있죠. 하지만 그 이상으로, 뭐랄까, 저는 그 창피함을 창피한 줄도 모르고 써야만 한다고 생각해요. ……음, 제가 질문해도 될까요."

세이카는 자신의 가슴에 손을 얹고, 마치 자문자답하듯 눈을 감았다.

"야야짱은, 무엇을 위해 이야기를 쓰나요?"

한순간 야야의 어깨가 굳어졌다. 시선을 나에게 보냈다가, 이내 돌려버렸다.

나는 그 시선의 의미를 잘 안다.

"……아마, 칭찬받고 싶어서── 야야가 이 세상에 인정을 받고 싶어서, 라고 생각해."

올해 첫눈이 내렸던 다음 날, 매장사에게 지적받았던 부분이다.

『하지만 자신을 위해 쓴 이야기라면 상업출판을 할 의미가 없지. 지하실에 틀어박혀 죽을 때까지 수기라도 쓰면 돼. 그렇잖아?』

굵은 눈물방울과 함께, 그 칼날 같은 지적은 그녀의 안에 깊이 새겨져 있다.

"세이카는 누군가를 위해 글을 쓰고 있어. 이 세상의 누군가를 기쁘게 해주기 위해. 그러니까, 창피한 것을 창피한 줄도 모르고 쓸 수 있어. 그런 뜻이지?"

"으음…… 좀 다르네요."

세이카는 헛기침을 하고 살짝 웃었다.

"저는 어딘가의 누군가를 위해 쓰고 있는 건 아니에요."

"그럼, 무엇을 위해."

"저는 특정한 단 한 사람을 위해 쓰고 있어요."

"……."

야야가 침묵했다.

그 손을 세이카가 꼭 잡았다.

"저도 야야짱과 같았어요. 칭찬받고 싶어서, 인정받고 싶어서, 이야기를 썼어요. 지금도 그게 잘못이란 생각은 하지 않아요. 하지만 저는 어떤 시기에 그걸 그만뒀어요."

"……왜."

"그야, 저는 이미 인정받았다는 걸 깨달았으니까요. 칭찬받고 싶었던 사람에게 칭찬을 받았으니까요. 그러니까 저는 그 사람을 위해 쓰기로 했어요."

세이카는 열심히 야야에게 말했다.

"저는 좋아하는 사람에게 받아들여졌던 기쁨을 알고 있어요. 어엿하게 한 사람 몫을 하는 인간으로서 대접받았던 감동을 알고 있어요. 그게 얼마나 귀중한 일인지, 얼마나 기뻤는지 전하고 싶어서, 이번에는 그 사람을 기쁘게 해주고 싶어서, 이야기를 쓰고 있어요."

이것은 정말로 작법의 이야기일까. 분명 세이카의 머릿속에서는 자신의 마음 그 자체와는 명확히 구분되고 있을 것이다.

그러니 이런 말을——

"이 세상 모든 이야기는, 오직, 자신이 좋아하는 누군가를 행복하게 해주고 싶어서 쓰인 거라고, 저는 믿고 있어요."

──순수한, 사랑의 이야기를.

부끄러운 줄도 모르고, 언어로 표현할 수 있는 것이다.

"──……."

아아는 망연히 세이카를 바라보고 있었다.

겨우 쥐어 짜낸 말은 단 한 마디,

"……이해, 못하겠어."

부정뿐이었다.

그렇겠지. 이상하겠지, 두렵겠지. 세이카의 논리는 논리가 아니다.

마음의 문제인 것이다.

나는── 야야 쪽이었다.

세이카의 말은, 야야도 나도 이해할 수 없다. 그 감정을 이해할 수 없다.

어쩌면 그것이야말로 맑은 날에 내리는 눈의 정체일는지도 모른다.

그렇기에 범부인 우리는 계속 싸워야만 하는 것이다.

"그래도, 야야는 계속 걸어 나가야만 해."

그리고 언젠가, 세이카처럼.

"언젠가, 다른 경치를──."

"네, 야야짱이라면 괜찮아요. 바로 제가 보증해요."

필사적으로 말을 잇는 야야의 앞에서, 세이카는 검지를 입가에 가져다 댔다.

그리고 생긋 웃으며,

"야야짱에게는 분명히 재능이 있는걸요!"

악마의 미소를 지었다.

"…………큭."

야야의 목이, 모든 말을 잃어버린 채 오르내렸다.

재능, 재능, 재능, 재능, 재능. 빌어먹을 재능이 어디까지고 쫓아온다.

이 못난이 빌어먹을 악마는 전혀 이해하지 못한다.

우리의 조바심도, 분함도, 굴욕도, 그 무엇도.

야야가 아무리 선전포고를 한들 가슴에 와 닿는 것이 없다.

세이카에게 야야는 친한 동기 수상자 정도의 존재밖에 안 되는 것이다. 자신이 쫓기고 있다는 사실조차 깨달아주지 않는다.

쫓아가는 자는 앞을 가는 사람의 등만이 시야에 들어오지만.

쫓기는 쪽은, 까마득히 광대한 세계를 보고 있으니까.

우리는 스타트라인에 서는 것조차 허락받지 못했다.

"……야야는, 기고만장하고 있었나 봐…….."

야야가 금색 가발에 손톱을 세웠다. 이제까지 본 적이 없는 강한 힘으로 입술을 깨문다.

"야, 야야짱?! 제가 보장해준 게 그렇게 싫었나요?! 쇼크!"

세이카는 갑자기 갈팡질팡, 야야의 옆에서 동요하고 있다. 거기에는 100퍼센트의 우정이 있다. 일방적인, 너무나도 일방적인.

"……신경 쓰지 않아도, 돼."

"하지만!"

"야야는 앞에 있는 사람을 쫓아갈 뿐. 어차피 계속 걸을 수밖에 없어. 이건 야야의 문제. 세이카의 문제가 아냐."

"그, 그러네요, 아무것도 모르면서 멋대로 달콤한 말만 하면 안 되겠네요. 엄격하게, 엄격하게 응원——"

자신의 머리를 콩콩 쥐어박으며 고민하기를 한동안, 세이카는 번쩍 고개를 들었다.

"야야짱. 우직하게 걸어가는 것 말고 다른 걸 생각해요."

"에……."

"아무리 자신이 노력한들 상대도 같은 만큼 걸어가고 있는걸요. 반신(半神)인 아킬레스 씨도 거북을 따라잡지 못해요. 일반인이 누군가를 따라잡으려면 꾸준히 노력하는 것만으론 불가능해요! 99퍼센트의 노력보다 1퍼센트의 특별한 무언가!"

손가락을 척 세우면서.

"……………."

야야는 이번에야말로 다다미 위로 쓰러졌다.

통한의 일격이었다. 한동안 일어나지 못할 것이다. 나도 못 일어난다.

"어, 어라?! 어찌하여?! 또 제가 뭔가 사고 쳤나요?"

세이카도 비슷한 만큼 충격을 받은 표정으로 야야에게 매달렸다. 어째 남을 울컥하게 만드는 데에 최고로 최적화돼 있네요, 그 말…….

"저기, 뭔가 잘 전해지지 않은 것 같지만요! 야야짱에게는 그 특별한 무언가가 있다고 생각한다고요! 아으으, 이렇게 러브코미디에 약한 마음을 가지신 줄은 꿈에도 모르고……."

갈팡질팡하며 그녀를 달래다 갑자기 흠칫 내게 시선을 돌린다.

"의외로 약한 이 맷집, 혹시 이 갭이 텐진 선생님이 어리광을 받아주도록 만드는 비결인가요?! 그렇게 말씀해주셨다면 저도 지금 당장 미소녀 대작가의 껍질 따위 벗어던지고 한 명의 연약한 미소녀로 변신할 텐데!"

"넌 진짜 철저하게, 머리가 그거구나……."

"어떤 거요?! 저 지금 욕먹은 건가요?!"

"칭찬한 거다, 이번엔."

나는 한숨을 쉬었다.

빌어먹을 악마는 언제나, 자각 없이 진실을 꿰뚫어버

린다.

그것이 재능의 한 조각이라고 한다면, 이 세계는 철저하게 잔혹하다.

"⋯⋯야야가 러브스토리를 쓸 때는."

야야는 입술을 꾹 다물고, 그래도 상체를 일으키며 말했다.

무표정한 눈동자 안에서 어두운 불꽃이 보인 것 같았다.

오장육부를 한껏 짓밟히고, 머리카락 한 올까지 유린당했음에도 희미하게 피어나는 불꽃이다. 그것은 오기라고 불리는, 범부에게 유일하게 허용된 감정일지도 모른다.

"분명, 세이카를 위해 쓸 거야."

"저를, 위해?"

"세이카의 감정을 움직이기 위해. 세이카에게—— 지금의 야야와 똑같은 감정을 맛보여주기 위해. 그것만 생각하고, 야야는 이야기를 쓸 거야."

⋯⋯그 말의 의미를, 그 말에 담긴 인간의 의지를.

악마는 아직, 조금도 이해하지 못할 것이다.

구름 위의 새가 지면에 고인 마그마의 열을 영원히 알 수 없듯.

그것은 세이카에게는 좋은 일이며—— 분명, 야야에게도 좋은 일일 것이다.

"그렇게까지 저를⋯⋯? 오오 야야짱, 진정한 벗이여! 알았어요, 저의 마음은 언제나 비워둘 테니까요. 그날을 기대하고 있을게요!"

"……응. 꼭, 꼭── 기대하고 있어."

만세를 부르며 천진난만하게 기뻐하는 세이카를, 야야
는 빤히 바라보고.

그런 야야를, 나는 흐리멍덩하게 보고 있었다.

세이카의 방에서 나왔을 때는 온몸이 바짝 말라붙은 상
태였다.

작열하는 재능 사우나가 쥐어짜내버린 것처럼, 땀 한 방
울, 침 한 방울 나오지 않았다.

결국 야야에게 초대 담당자의 이야기를 슬쩍 전달하지
는 못했다.

솔직히 말하자면, 지금은 전하고 싶지 않다고 머릿속의
내가 호소했던 것이다.

아까까지는 야야와 의논해 초대 담당자의 비책이란 것
에 대응하고자 생각했다. 나와 야야가 같은 작가의 입장에
서 이 문제를 생각해야 한다고 생각했다.

……하지만, 아니다. 내 입장은, 그쪽에만 있는 것이 아
니다.

야야가 세이카에게 맞서는 모습을 보는 동안, 같은 범부
로서 이입하고 말았다. 속절없이 응원하고 싶어졌다.

그렇다면 내가 서야 할 곳은 작가 측이 아니라—— 제자를 지켜보는, 강사 측이 아닐까.

사람은 언젠가 반드시 죽는다.

생애 무패의 검호가 됐든, 온 천하의 황제가 됐든 단 한 명의 예외도 없이.

누구나 죽기 때문에, 우리는 생명을 다음 세대로 이어나갈 수 있었던 것이다.

이름을 드러내지 못하는 일은 작가의 죽음. 그러나.

나라는 낡은 작가의 시체 위에, 야야라는 새로운 작가의 생명이 움튼다면.

그것은 삶을 얻어 살아가는 자의 숙명이자, 진화의 필연.

죽음이 삶으로 바뀐다면.

초대 담당자의 제안은, 행복한 일이다.

내가 받아들이기만 하면, 내가 나를 용서할 수만 있다면 —— 어른으로서, 아이가 가는 길을 지켜볼 수 있을 테니까.

자신의 시시한 자존심과 범부가 재능을 능가하는 이야기.

어느 쪽을 택해야 할지는 자명하지 않은가.

그 마음이, 발끝부터 달구는 듯한 열기가, 나에게서 체내의 수분을 앗아간다.

시야가 어두워진다.

생각이 일그러진다.

발밑이 삐걱거린다.

휘청 쓰러진 내 어깨를,

"……뭐 하고 있어."

토에의 가녀린 팔이, 받쳐주고 있었다.

빌렸던 책 돌려주려고. 토에는 그렇게 말했다.

"복도에 나와봤더니, 당신이 축 늘어져 있어서…… 대체 뭐 하고 있었던 거야?"

"망상의 유넷선에서 사우나 하다 열이 나서."

"뭔 소리야. 바보야?"

어이없어하는 목소리를 내면서, 내 이마에 차게 적신 수건을 올려놓아 준다.

문제없다고, 부탁이니 혼자 있게 해 달라고 몇 번인가 주장했지만, 토에는 내 방까지 따라와선 이것저것 챙겨주고 있었다.

여동생이 챙겨주기만 하는 히키코모리인 줄 알았는데, 의외로 남 챙겨줄 줄도 아는 녀석이구나.

"찌꺼기 쓰레기 선생이 찌꺼기 쓰레기 주제에 찌꺼기 쓰레기 같은 얼굴을 하고 있어."

"아파, 코 비틀지 마. ……근데, 벌써 읽었냐. 빠르네."

나는 방석 위에 축 늘어져 누운 채, 토코노마에 놓인 문고본을 쳐다보았다.

『야한 일이 주특기인 선생님이 나를 협박하는 건에 대해!』다.

그 초농축 세이카 원유 100퍼센트 문체는, 처음 볼 때는 압박이 너무 강해서 일본 3대 기서 수준으로 오래 읽어야 할 텐데.

"전부 읽진 않았어. 중간에 관뒀어."

"재미없었어?"

"그렇다기보다, 주인공 여자 이름이 너무 멍청해서."

"이름?"

"『텐 진 세 이 카』."

"…………아."

내가 깜빡한 게 그거였구나. 위험하다.

"이 건에 대해, 뭔가 코멘트가 있다면 들려주시지, 응?"

뭐가 위험한가 하면, 이제까지 본 적도 없을 정도로 따뜻한 목소리를 내며 이제까지 본 적도 없을 정도로 생글생글 미소 짓는 토에가 무지막지하게 위험하다.

"아, 아니야, 그건, 세이카 녀석이 자기 마음대로, 난 아무것도 몰라, 증거 있냐, 변호사 불러, 불법 수사야, 법대로 해!"

"왜 도둑고양이한테 홀려 넘어간 불륜남 같은 소릴 하고 있어……."

싸늘해진 목소리를 낸 후, 토에는 어쩔 수 없다는 듯 한숨을 쉬었다.

"그 바보리본이라면 그 정도는 아무 말도 없이 저지르겠지. 속았던 당신이 잘못이야. 어울릴 상대는 잘 골라야지."

오오, 관대하다. 도량이 커서 꼭 정실 같아. 아니, 중학생한테 정실이니 뭐니는 상관없지만?

"하지만 하나를 보면 열을 안다고, 인물명이 거시기한가 하면 문장도 거시기. 작가의 제멋대로인 정신이 곳곳에 드러나서 진짜 실소했어."

"……스토리도 마음에 안 들어?"

"글쎄, 뒤를 읽을 마음은 안 들었어. 이게 진짜로 그렇게 잘 나가?"

토에는 딱 잘라 말했다.

세이카의 책이 실제로 재미있는가 어떤가는 둘째 치고, 어떤 명작이라 해도 부정적인 의견은 있다. 당연하다. 세상은 다양성으로 이루어졌으며, 그렇기에 인생이 재미있는 법이지만, 그건 그거대로 작가는 괴로운 법이지. 언제나 호의적인 감상만 보고 싶으니까.

"……."

토에는 문득 입을 다물더니 벽 쪽으로 시선을 돌렸다.

그곳으로부터 몇 방 건너에 세이카의 방이 있다.

"이 방, 싸다 보니 별로잖아."

"응? 뭐, 그렇지."

"당신 방은 멀리 있어서 모를 수도 있는데, 옆방 목소리는 지긋지긋할 정도로 잘 들려."

그러고 보니 아침에도 그런 말을 했다.

토에는 기본적으로 방에 혼자 있으니, 생각보다도 훨씬 잘 들린 모양이다.

"……야야야 야야라는 애가, 그 여자를 동경하는 거지."

들을 마음은 없었지만. 토에는 그렇게 중얼중얼 덧붙였다.

"그건 멍청한 짓이라고, 지금 당장 그만두라고 얘기 안 해줄 거야?"

그리고 내 얼굴을 빤히 본다.

"상대는 그런 자기중심적인 책을 쓰는 바보리본이야. 그 딴 걸 목표로 삼아서 뭐해. 자기가 하고 싶은 걸 하면 되잖아. 나 같은 슬럼가의 쓰레기통한테는 하고 싶은 일도 할 수 있는 일도 없지만."

"아니, 저기?"

"그렇지만 둘 다 작가잖아? 중학생 때 데뷔해서, 스스로 이야기를 쓰고, 그것만으로는 만족 못 해? 평범한 사람이 보면…… 아니, 나 같은 쓰레기통 속의 밥찌꺼기가 보기에는 둘 다 구름 위의 사람인걸."

"너 그렇게 자학을 잘도 집어넣는다……."

나는 헛웃음을 지었다. 일종의 예술과도 같은 이 자학 토크는 잘못 반응하면 기어올라 점점 다우너 일직선에 빠지니까 주의해야 한다. 토에는 근본적으로 진성 마조구나.

"걔들은 동기로 데뷔했어. 동갑에 동기면 이기고 싶겠지."

"왜 꼭 이겨야 하는데?"

토에는 당연한 말을 당연하다는 듯이 말했다.

"자기가 재미있는 걸 만들고 그걸로 만족하면 그만이잖아. 왜 일부러 남하고 비교해야 해? 괴로워하면서까지, 왜."

그게 범부의 숙명이니까.

재능이라는 세계 속에서 살아가지 않는 사람은 모른다.

눈부신 빛의 옆에 생겨나는 그림자 속에서, 눈이 타들어가도, 그래도 빛의 궤적을 따라가고 싶어지는 인간의 마음 같은 건.

"──헤밍웨이의 『노인과 바다』라는 단편 읽어본 적 있어?"

시선을 옆으로 돌리고 나는 다른 소리를 했다.

"제목은 알아."

토에는 고개를 가로저었다.

"그렇구나. 다음에 빌려줄게."

『노인과 바다』는 매우 단순한 구조의 이야기다.

노인이 고기를 잡으러 나가서, 사흘간의 사투 끝에 거대하고 위대한 청새치를 잡는다. 하지만 돌아오는 길에 문제가 발생해 놈의 뼈밖에 가져올 수 없었다.

"노인이 잡았던 건 그냥 쓰레기, 그냥 상어였다고 오해를 받으면서 끝나. 노골적으로 말하면 이 이야기는 그냥 그게 다야."

"……뭐야 그게. 전부 헛짓이잖아."

"그래. 헛짓이야. 아무 의미도 없어. 그래도 어쨌든, 노인은 상처투성이로 집에 돌아와서, 사자의 꿈을 꿔."

올려다보는 토에의 얼굴은, 멍했다.

전혀 전해지지 않은 표정이다. 그렇겠지. 너는 이해하지 못하겠지.

작가의 의도도, 이야기의 테마도, 늙어서도 여전히 싸우는 사람의 마음도, 무엇 하나도.

나는 이마에서 수건을 떼었다. 토에에게 고맙다는 말과 함께 건네주고, 그 대신.

"너 말이야, **넌 작가가 되지 않는 편이 나아.**"

조금 전에 만났을 때, 분명 토에가 물어보고 싶었던 것을—— 그때 내가 제대로 대답했어야 할 말을 전했다.

"······딱히, 될 수 있을 거라고 생각하지도 않는데요."

"목표로 삼지도 않아도 돼. 영원히, 그냥 그대로 있어 줘."

"아 그래. ······그런, 가요."

토에가 미간을 좁혔다. 언짢은 듯한—— 혹은 매우 상처 입은 듯한 표정이다.

하지만, 그게 아니다.

몰라도 된다. 모르는 채로 있는 편이 낫다.

굳이 경쟁을 할 필요가 어디 있을까. 억지로 발을 들여놓지 않으면 좋겠다.

찬란한 빛을 내는 괴물이 있고, 재능의 노예가 있고, 질투라는 죄를 짊어진 자가 있고, 괴롭고 분해서 발악하고 싶어지는 일밖에 없는 세계에서.

우리는 모두 평등하게 고독하게 싸우고 또 싸우고 있으므로── 돌아갈 항구가 필요하다.

이 미쳐버린 세계의 논리에서 멀리 떨어진, 틀림없이 그곳에 존재할 현실의 등대가.

"……그래, 미안하다. 내가 좀 피곤해졌나 봐."

나는 깊이 탄식했다. 정말, 어쩐지 굉장히 피곤하다.

초대 담당자의 재능 이야기를 듣고, 세이카의 재능 이야기를 듣고, 야야의 재능 이야기를 듣고.

마음 깊은 곳부터, 녹초가 되었다.

아직 생각해야 할 일이 많지만── 지금은, 조금만.

"금방 깰 테니까, 조금만 자게 해줘."

아무 생각도 없이, 사자의 꿈을 꾸는 노인의 꿈을 꾸고 싶다.

방석 위에서 몸을 돌리고 나는 눈을 감았다.

시야가 부드러운 어둠에 덮이기 직전, 토에의 한숨 소리가 들린 것 같았다.

곧바로 잠든 것은 아니었다.

그래도 눈을 감고 있는 동안, 머리 어딘가에 따뜻한 감촉을 느꼈다.

귓가에 가녀린 숨결이 와 닿았다.

"······불쌍한 사람. 가엾은, 사람들."

말과는 달리, 나긋나긋하고—— 상냥함으로 가득 찬 목소리였다.

상이군인을 돌보는 자애로운 어머니와도 같은.

조용히 쓰다듬어주고 있다는 것을 그때 깨달았다.

이윽고, 이번에야말로, 잠에 빠져들었다.

여러 가지 꿈을 꾼 것 같았다.

다만——

속세에서 멀리 떨어진 남쪽 섬에서, 부모를 잃은 들개와 둘이 살며. 경쟁도 없이, 다툼도 없이, 물고기를 잡으러 가지도 않는.

마지막으로, 그런 시시한 꿈을 꾸었다.

5장

온천 살인사건 🖊

눈을 떴을 때, 내 앞에는 어둠만이 있었다.

이마 위에 중학생의 부드러운 손바닥이 놓인 것을 느꼈다. 눈꺼풀까지는 덮이지 않았다. 얼마나 그러고 있었는지는 모르겠지만 머리카락 끝을 살살 빗어준다.

시야를 가린 것은, 이불이다. 토에가 덮어줬겠지. 이마위의 손바닥과 함께 나를 덮어 따뜻하게 해주고 있다.

잘못하면 다시 잠의 세계로 떨어져 버릴 것 같다.

"——……!"

"——…….”

하지만 위화감이 들었다.

그것도 둘이나. 머리 위와 밑에서.

머리 위에서, 누군가와 누군가가 말다툼을 하는 듯한 목소리가 들린다.

머리 밑에는, 무언가 뻣뻣하고도 부드러운 것이 있었다. 베개는 아니다. 이거 뭐지.

"——왜, ……이, 있나요——"

"——아? 그쪽이야말로—— 일일이——"

머리 위의 목소리 쪽은 생각할 것도 없이 알 수 있었다. 개와 고양이 대결전 리턴즈 예고편 상영인가. 본편이 시작되기 전에 영화관에서 나가버려야겠네요.

하는 수 없이 몸을 일으키려 했더니 이마에 힘이 가해졌다. 이불 안에서 빠져나갈 수가 없었다. 명백히 손바닥으로 누르고 있는 것이다. 저기요 토에 씨? 뭐 하시는 건가요?

"여긴 텐진 선생님 방이에요. 토에 씨가 불법 점거하고 있는 건 이상하지 않나요? 범죄자는 포크레인으로 강제 제거해야 하지 않을까요?"

"나는 그 사람한테 빌린 쓰레기 찌꺼기 쓰레기 책을 돌려주러 왔을 뿐. 너야말로 간식 들고 뭐 하러 찾아왔어? 먹보씨, 밥은 엊그저께도 먹었잖아요?"

"밥은 매일 먹는 거예요 사람 죽이려는 건가요?! 전 선생님을 만나러 왔다고 했잖아요!"

"아, 그래."

조금씩 깨끗하게 들려오는 목소리 속에서, 머리 밑의 존재를 겨우 깨달았다.

무릎이다. 토에의 무릎이 내 머리를 받쳐주고 있다.

다시 말해 나는, 중학생의 무릎을 벤 채 이불 속에 숨겨진 것이다. 꼼꼼하게도, 다다미 위에 큰 대 자로 벌어진 발까지 전부.

"……뭐냐고……."

나는 나도 모르게 중얼거렸다.

이래서야 마치, 수학여행에서 순찰하는 선생님을 피해 같은 이불 속에 들어간 불순 이성 교제 커플 같지 않은가.

마치가 아니고 불순하게 이성하고 교류하고 있으니 90퍼센트 정도 맞지만. 남은 10퍼센트는 이 세상이 잘못된 거라고 선생님은 생각해.

"저기, 지금 텐진 선생님 목소리 들리지 않았나요……?"

"그래? 난 못 들었는데. 대체 어디로 간 거람."

곁에 있는 토에의 복근이 훅 하고 떨리는 것을 느꼈다. 웃음을 참는 것처럼.

이 녀석, 설마.

세이카하고 수다를 떨면서 몰래 나한테 무릎베개를 해준다는 시추에이션에 우월감을 느끼나……?!

"……왜, 웃고 있어요?!"

"아냐, 아무것도. 너도 그 사람을 찾으면 좋겠네."

"왜 여유 부리는지 모르겠지만, 그 우위를 점하려 드는 시선. 부처님 같은 세이카라 해도 엄청나게 빠직빠직 화나거든요?!"

빌어먹을 악마가 폭주족틱하게 발을 쾅쾅 굴렀다.

분풀이를 하듯 근처의 방석이며 짐을 홀렁홀렁 뒤집으며 범인을 수색한다. 하지만 난 그런 데 없어요. 토에의 무릎 위에 있어요.

들키면 죽는다. 차라리 편하게 죽고 싶다. 뭣하면 지금 당장 존엄사를 택하는 게 최선이기도 하다.

신이란 신에게 모조리 기도하기를 30초.

"……에잇, 오늘은 이쯤 해드리죠……."

세이카가 겨우 포기하고 문 쪽으로 멀어져가는 기척이 느껴졌다.

아자 토에의 대승리!

언제나 당하기만 하던 못난이 천사가 우위를 점한 귀중한 일전으로, 이 하코네 결전 시리즈는 개와 고양이 격투록에 영원히 기록될 것이다.

"똑똑히 기억해두세요! 제2, 제3의 세이카가 반드시 자만 토에 씨를 쓰러뜨리러 올 테니까요!"

"그래그래, 좋을 대로 해. 그런 점이 애들 같다니까."

"크윽…… 나중에 울상 짓지나 마시죠!"

하지만 빌어먹을 악마와 못난이 천사의 싸움은 무한히 이어졌다. 언제쯤 돼야 이 악몽에서 깨어날 수 있을까. 살려주세요, 살려주세요…….

"정말, 하는 수 없네요. 발견하면 전해주세요."

세이카는 소리 높여 문을 닫으며 잘 울리는 목소리로 말했다.

"텐진 선생님하고 야야짱한테 손님이 왔다고요!"

📖

난 바보인가.

개와 고양이의 오디오 드라마 따위를 경청할 때가 아니었다.

초대 담당자와 야야야 야야를 둘이서만 만나게 해서는 안 된다. 그 남자의 말은 아마도── 치명적으로 야야와 궁합이 안 좋을 것 같았다.

"더 천천히 있다 가지……."

시골집 엄마처럼 탄식하는 토에를 남겨두고 방을 뛰쳐 나가,

"아, 텐진 선생님! 저하고 유넷선에서 시에스타 하실 래요?"

도시 여자처럼 유혹하는 세이카를 내버려두고 복도를 질주해,

"근데 지금 역시 이 방에서 나오시지 않았나요?! 오?!"

"딱히 없다는 말은 안 했는데. 그 표정은 뭐야. 하?"

등 뒤에서 시작된 리벤지 매치를 내팽개치고 뛰어든 로 비에는, 초대 담당자가 아니라.

"──어라?"

"앗저기실례합니다……."

현재의 담당자, 시베리가 나를 기다리고 있었다.

우산도 별 도움이 안 되는 호우 속을 뚫고 맞은편 호텔 에서 여기까지 걸어왔는지.

물에 빠진 생쥐가 된 시베리안 허스키가, 프런트의 할머 니에게 받은 수건으로 머리를 닦고 있었다. 어째서인지 마 룻바닥에 정좌한 채.

그 옆에는 앉은 이 없는 등나무 의자가 흔들리고 있었다.

"야야, ……야야야 선생은 만나셨나요?"

"아뇨제가왔을때는이미외출하고안계신듯해서."

"외출……."

어디로 갔을까. 뻔하다.

이미 초대 담당자에게 불려 나갔을 것이다.

내가 제안했던 근처 호텔의 휴게실 같은 곳에서, 지금 막 얼굴을 마주하고 있을 두 사람의 모습이 환영처럼 보였다. 뛰어가면 잡을 수 있을까.

그렇다면 여기서 꾸물거릴 때가 아니다.

"죄송합니다, 지금 좀 바빠서, 하실 말씀이 있다면——."

——말씀이 있다면?

움직이고 싶어하는 발을 멈추고, 나는 고개를 꼬았다.

애초에 시베리는, 이 너절한 여관까지 무엇을 위해 일부러 찾아왔지?

내가 갔을 때는 자기 방에서 나오지도 못했던 사람이.

"……앗저기있죠텐진선생님아주잠깐만시간을내주세요."

쳐다보니, 등나무 의자 위에는 대량의 종이가 쌓여 있었다.

프린트된 A4 용지였다. 교정이나 저자교에 쓰는 사이즈. 빼곡하게 글씨가 인쇄돼 있으며, 자세히 보니 거의 눈에

익은 문장이다.

"이건, 저의……."

마왕과 용사 짝퉁의 슬로우 라이프 시리즈 1권이다. 기획 입안과 패키지 선정은 다른 담당자가 했으며, 시베리는 1권 제작 종반에 들어와 인계를 받았다.

그러므로 본격적인 의논은 2권 원고 때부터였던 기억이 있다.

전 담당자는 편집 작업의 가성비를 중시하는 타입이다 보니, 포스트잇이 잔뜩 붙은 1권 원고는 참으로 신선해서 조금 절절해졌다.

"앗그럼시작할게요."

시베리는 원고를 들었다. 시작하다니, 뭘?

"초반제1장1페이지첫째줄대사가약간이해서독자의기대감을부추기지못하는것아닐까생각했어요.두번째줄부터네번째줄정경묘사가몰개성적이지만여긴호오가갈리겠네요.다섯째줄의주인공대사는설명조라정열이느껴지지않아요.여섯째줄부터일곱째줄의히로인을상대하는대사는재미있네요.다만여덟째줄부터열째줄의외견묘사가약한데다기존의캐릭터혹은독자의지식에의존하는인상이다소있어요.열한째줄부터열네째줄에걸친대화핑퐁은매우재미있지만열다섯째줄에등장하는몬스터의——."

"잠깐만 잠깐만 잠깐 잠깐 잠깐만? 제발요, 잠깐만?"

시베리의 어깨를 잡고 간신히 스톱을 걸었다.

"에? 뭐예요, 이거? 갑자기 뭐 하시는 거예요?"

"1권은진행사정상제대로지적한적이없어서이기회에다시금……."

"그걸 1권 첫 번째 줄부터요? 어디까지?"

"앗저기마지막한줄까지요."

"마지막 한 줄."

나는 기절할 뻔했다. 문고본으로 300페이지 가까이 되는 원고를 한 줄 한 줄 논평할 생각이냐고. 해설을 위한 수행인가?

"왜 시베리 씨가 그런 일을 시작하시는 건가요."

"앗저기그게텐데선생님의이시리즈에대해서는마케팅이나콘셉트를포함한패키지전략에도다소문제가있었다고생각하는데요."

"어, 뭐, 네……."

"내용물의관점에서도왜판매량이저조했는지분석해볼까하고요."

나는 이번에야말로 기절했다.

팔리지 않았던 이유를 작가에게 대놓고 지적하다니, 잘못하면 칼부림 난다고. 죽은 아이 시체 걷어차는 거냐고.

"41째줄부터47째줄까지의캐릭터대화는텐데선생님다운개성이잘드러난다고생각하지만, 그직후의48째줄부터51째줄의전투묘사와약간맞지않아아예대화메인으로묘사는최소한으로억제하는것도좋지않을까해요.52째줄부터나오는

세계관설명은무난하지만그후의대화가명백히더재미있기
때문에줄거리는이쪽을채용했어야하고──."

"저기…… 시베리 씨."

"67째줄히로인의큰소리는작품을상징하는대사가됐는데
왜이걸띠지로뽑지않았는지이제와서생각하게되네요. 68째
줄부터의스피드전개는더재미있게쓰실수있을거라고생각
해요. 좀더좀더제가시간을잡고끝까지매달려부탁드렸더라
면──."

"시베리 씨!"

나는 시베리의 손을 잡았다. 포스트잇이 잔뜩 붙은 원고
가 떨어졌다.

"앗──."

"이런 일을 하셔봤자, 소용이 없잖아요."

이제 됐다. 이것이 시베리 나름의 작품에 대한 마음이라
는 것은 잘 알았다.

당신한테는 열의는 없어도 성의는 있다.

그리고── 전혀 의미가 없다.

이미 중단이 결정된 작품이다. 이제 와서 무슨 짓을 한
들 숫자로 이어지지는 않는다.

"앗하지만저기."

"이미 끝난 일이에요. 그날 회의할 때 그렇게 말했잖
아요."

"──죄송합니다죄송합니다죄송합니다."

몇 번이고 머리를 숙이며, 그래도 원고를 주워 모으려 한다. 그 모습을 다시금 내려다보며, 나는 한숨을 쉬었다.

그렇게나—— 아아, 그렇게나.

"……담당 작품이 짤린 걸, 작가보다도 더 힘들어하는 편집자가 어디 있어요……."

"미안해요정말미안해요미아해여."

시베리는.

눈물을 펑펑 흘리고 있었던 것이다.

비를 맞은 흔적과 눈물방울을 구별할 수 없을 정도로 얼굴은 흠뻑 젖었다. 평소의 심각한 눈매도, 자주 찡그려지는 눈썹도, 어린아이처럼 엉망진창이었다.

그동안 계속, 계속 사로잡혀 있었을 것이다. 내게 작품 중단을 통고했던 그 날부터.

이 편집자는, 좋지 않은 의미에서 지나치게 자상하다.

초대 담당자의 말에 그렇게까지 충격을 받았던 것은, 결국, 자신이 작가의 입장에 감정이입을 하고 있었기 때문이었다.

작가를 재능의 그릇으로밖에 보지 않는 초대 담당자와는, 근본부터 다르다.

그러나—— 그렇다고, 뭐가 어떻다는 것도 아니다.

작가와 편집자는, 결코 친구가 아니다.

발주와 하청으로 엮인 거래처 관계다. 일 때문에 눈물을 보이면 난감할 뿐이다. 사적인 이야기를 나눌 수 있을 만큼 친한 것도 아니다.

"앗앗히잉히잉훌쩍우에에흐에에에끄에꼬에뿌에에아어
어어엉."

근데 조금 식겁할 정도로 운다. 대형견이 우는 소리는
시끄럽구나…….

"……힘이 미치지 못해, 저야말로 면목이 없습니다."

"워어어엉아우우우웅아우우우우우우우웅, 아우우우
우우우우우웅……."

"그러게요. 저도 재미있는 이야기를, 제대로 썼다고 생
각해요."

팔리는 않았지만, 이렇게까지 편집자가 넋을 달래주는
작품은.

불행하기는 해도── 불쌍하지는 않다는 생각이 들었다.

꺼이꺼이 울고 있는 시베리안 허스키의 등을 천천히 두
드려주었다.

프런트의 할머니가 이 장례식을 지긋이 지켜보고 있
었다.

동정하는 건가 생각했더니, 여자를 울리는 나쁜 남자구
먼── 하는 의구심의 눈초리였다. 그렇게 상냥했던 할머
니의 얼굴이 조금씩 혐오감에 물들고 있다. 아아, 하코네
에 안주의 땅은 없구나. 작가업이란 것은 언제나 하드보일
드구나.

"어제텐데선생님께서죽을때까지생각해보라고하셔서서계속생각했어요."

눈물도 마르지 않은 채, 시베리는 딸꾹질을 하면서 말했다.

"저는단언할수가없었어요텐데선생님께재능이있는지어떤지."

"……그런 생각을 하셨나요……."

알고 있었던 일이다. 만인에게 인정받을 만큼 실력이 있었다면 나는 훨씬 잘 나갔을 것이다. 가혹한 현실이지만, 사실이다.

"그렇지만그래도."

시베리는 내 손을 꼭 쥐었다.

"저는텐데선생님이쓰신이야기를읽고싶어요."

"……."

『작가는 자신이 쓰고 싶은 것과 쓸 수 있는 것을 우선시하기 쉬워. 그런 작가에게 써야 할 것을 제시하는 게 편집자라고.』

문득 초대 담당자의 말이 되살아났다. 그는 우수한 담당자일 것이다. 진심으로 그렇게 생각한다.

"제가, 써야 할 이야기는."

물어볼 마음은 없었던 혼잣말에, 시베리가 불쑥 대답했다.

"텐데선생님만이쓰실수있는이야기예요."

나는 고개를 가로저었다. 물렁하다. 구역질이 나올 만큼 물러터진 말이다.

나만이 쓸 수 있는 이야기. 그런 것은 어디에도 없다.

너도, 나도, 누구도. 이 세상에서 특별한 존재는 아니니까.

"저도알아요간단하지않다는건하지만저기그래도그렇기에더더욱!"

시베리의 손이 떨리고 있었다. 거기에는 초대 담당자 같은 정열도, 힘도, 그 무엇도 없었다.

하지만, 말을 한 마디 한 마디 또박또박 끊듯,

"모두가 이야기를 쓰는 건, 간단히는 쓸 수 없는 데에, 소중한 무언가가 있기 때문이에요. 쓸 수 없는 것을, 부디 써주세요."

시베리는 떨리는 목소리로 말했다.

"……아아……."

나는 울어서 퉁퉁 부은 그 얼굴을, 그리고 눈물을 참고 앞을 바라보는 얼굴을 멀거니 보았다.

새빨간, 강인한 눈동자가, 나를 똑바로 바라본다.

쓰고 싶은 것도, 쓸 수 있는 것도, 써야 할 것도 아니고.

자기 자신이 읽고 싶은 것을 말하고 있구나, 이 사람은.

"눈 뜬 채로 꿈을 꾸고 있구나……."

"죄송합니다죄송합니다그래도저기꿈을하나만더말해봐
도될까요."

그러세요, 라고 하듯, 나는 다시 고개를 끄덕였다.

"신념에대해서도생각해봤어요편집자의일은작가를위해
죽는게아니에요."

시베리는 짧게 숨을 들이마시고,

"작가를 사랑하고, 작가와 함께 살아가는 게 저희의 일
이라고 생각해요."

그런 꿈같은 말을 입에 담았다.

나는 멀거니 천장을 올려다보았다.

신념. 이것이 이 녀석의 신념인가. 웃음이 나올 정도로
역시 물러터졌고—— 정말로 웃음을 터뜨리기에는, 어쩐
지 내 목에 힘이 들어가지 않았다.

"저는누구보다도선생님을사랑하고싶어요."

시베리안 허스키를 닮은 충실한 눈이, 그 동그라미 속에
내 모든 것을 담고 있었다.

순수하고, 티 한 점 섞이지 않은 직시였다. 견딜 수 없어
얼른 고개를 돌렸다.

"앗저기! 하지만아뇨저기업무상의신념일뿐텐데선생님
께남녀적인그런건전혀느끼지않으니저기오해하시면저기

어저기굉장히저기어곤란하고요그게어네."

시베리는 갑자기 당황하면서 열심히 두 손을 내저었다.

앗그런말씀은안하셔도괜찮거든요, 나도 그렇게까지 바보는 아니거든? 강조하면 피차 괴롭기만 하잖아?

"……나 원……."

어중간하게 웃었다. 어중간하게밖에 웃지 못했다.

시베리는, 한껏 생각하고 생각한 결과, 최소한 자신의 신념을 이끌어 냈던 것이다.

——그럼, 나는?

『남들이 바라는 것을 바라는 대로 쓴다.』

그것이 분명, 최근 내 마음 한복판에 자리 잡고 있던 것이었다.

하지만—— 대체, **누가**, 원하는 것이란 말인가?

시장일까, 읽어주는 사람들일까, 특별한 누군가일까.

슬슬 진지하게 생각할 필요가 있을 것이다.

이 위대한 신참 편집자보다도, 훨씬 많은 시간을 들여서.

그런데, 이번에는 여담도 보너스도 에필로그도 아니고, 본편으로만 끝나는데.

시베리를 맞은편 호텔까지 바래다주고, 근처의 카페며 휴게실을 닥치는 대로 뒤져보았으나, 내가 찾는 두 사람은 보이지 않았다.

택시로 산기슭까지 내려간 걸까. 그렇다면 두 손 들어야 한다.

빗발은 조금 약해졌지만 바람은 아직 멈출 줄 모른다.

옆에서 후려치는 듯한 비에 몸을 적시며 여관으로 이어지는 사도까지 돌아왔을 때, 문 아래에 서 있는 사람을 발견했다.

"……."

저건 뭐야.

우산도 쓰지 않고, 비에 대해 어떤 저항감도 보이지 않는다. 요츠야 괴담(四谷怪談. 가부키극 중 하나. 오이와는 아버지의 원수인 줄 모르고 이에몬과 결혼하지만 결국 배신당해 자결하고, 후에 원혼으로 이에몬에게 나타나 저주를 퍼붓는다.)의 오이와 씨 같다.

그 머리가, 스르륵 미끄러지더니, 땅에 떨어졌다.

"으헉?!"

아니, 그게 아니었다.

다가가 보니, 떨어진 것은 가발임을 금방 알 수 있었다.

보브컷으로 돌아간 야야가, 젖는 것도 아랑곳하지 않은 채, 궁극의 무표정으로 하늘을 보고 있었다.

"너…… 그 녀석은, 어디 갔어?"

묻고 싶은 말은 많았지만, 우선 초대 담당자의 이름을 꺼냈다.

"——묻었어."

대답은 단적이고도 허무적인 한 마디였다.

비를 맞는 얼굴에는 아직 아무런 감정도 보이지 않았다.

"묻었다니, 어? 뭘? 어디에?"

"뒷산에 묻고 왔어. 그는, 야야의 인생에 불필요한 존재였어."

"야 야 야 야 야?!"

온천 살인사건 최종장을 지금부터 시작하지 말라고. 그건 곤란해요.

고객이 진정으로 원하는 건 탈의실에서 옷을 갈아입는 천진난만한 초등학생이라든가, 욕탕에서 자신과 상대를 비교하는 중학생이라든가, 목욕을 마치고 나온 섹시한 누님 같은, 그런 밝은 화면이다. 알고는 있지만 역부족이라 죄송합니다. 하다못해 어딘가에 있을지도 모를 핀업으로 수요를 채워주세요.

"……묻었다는 건 농담. 돌아갔어."

"네 농담은 못 알아먹겠다고……."

"야야는 텐군의 마음을 모르겠어."

평소보다도 한층 딱딱하고, 색깔이 없는 목소리였다.

여관의 현관으로 밀어 넣고, 다시 수건을 빌려와 머리를 닦아주었다.

그러는 동안 야야는 내 얼굴을 빤히 바라보고 있었다.

"아~ 아~ 흠뻑 젖었네. 기껏 갈아입은 교복이 못 쓰게 됐잖아. 유카타로 갈아입어라."

"저기, 텐군."

"그리고 당장 목욕해. 여기서 옷 말리고 있을 테니까——
왜?"

"텐군은 로리콘?"

뜬금없는 매도였다.

피부에 달라붙은 야야의 교복 원단 너머로 속옷의 핑크
색이 희미하게 비쳐 보였다. 중학생의 그런 것이 어쩌다 시
야에 들어와도 열반의 마음으로 고요하게 미소 지을 수 있
으니 난 결코 로리를 콘하는 사람이 아니란다. 증명종료.

"텐군은 진성 로리콘이야."

추가타로 중상모략이 날아왔다. 올라잇, 다음엔 법정에
서 만나자.

"……누구나 언젠가는 반드시 죽는다는 걸, 머리로는 알
아도. 자신이 죽는다는 건 인정할 수 없는 법."

"아?"

"누구나 눈앞의 죽음은 회피하고 싶어. 이윽고 태어날
소녀를 위해 죽을 수 있는 건, 타고난 로리콘 아저씨뿐. 로
리콘 이외에 닥치고 죽을 사람은 없어."

"나도 죽고 싶진 않다만……."

"자각 없는 로리콘은 다들 그렇게 말해."

박진감 넘치는 단정이다. 그러니까 대체 왜?

"왜냐면. 이름을 내지 않는 일은, 작가의 죽음."

수건을 말리는 내 손이, 내 뜻과는 달리 움직이지 않

았다.

야야의 가녀린 손가락이 내 손목을 쥐고 있었다. 그것만으로도 내 힘은 눌려버렸다.

"······그 사람한테, 들었냐."

"전부 다. 텐군이 받아들였다는 것도."

나는 천장을 올려다보았다. 하코네까지 온 초대 담당자는 야야 앞에서 비책을 숨길 마음이 없었겠지.

그놈은 그놈 나름대로 성실하다. 당연히, 자신이 옳다는 것을 알고 있으니까.

나를 위해, 야야를 위해, 무엇보다도 잘 팔리고 재미있는 작품을 만들기 위해.

이 방법이 최선이라고, 기만 없이 확신한다.

"로리콘 아저씨가 아니면. 야야를 위해 죽을 리가 없어."

현관의 시멘트 바닥에 우뚝 선 채, 야야는 이제 한 걸음도 움직이지 않았다. 한 걸음의 움직임도 용납하지 않는다. 새까만 허무를 담은 눈동자가 정면에서 이쪽을 바라본다.

아아── 이 녀석, 화났구나.

진심으로, 자신이 받은 처우에 대해.

"······설명하려고는 했어. 사전에. 그래서 방에 갔던 거야. 하지만 어째서인지 말을 꺼낼 수가 없어서."

그렇게 말하며 한숨을 쉬었다.

'어째서인지'라고? 입을 다물었던 이유는 확실하잖아.

이제 와서 얼버무려봤자 뭐가 된다고.

"이봐, 야야. 오해하지 마. 이건 동정이 아니야. 프로 작가로 대하지 않은 것도 아니고. 난 그저 범부끼리…… 네 편을 들어주고 싶었을 뿐이야."

"그래서, 자기 이름을 숨기고 쓰면, 야야에게 도움이 될 거라고 생각했어?"

"뭐, 디메리트보다는 메리트가 더……"

"──얕보지, 마!"

처음으로, 야야가 외치는 목소리를 들었다.

그리고 처음으로 눈꼬리를 틀어 올리며, 손을 높이 든 그녀는.

"야야의, 재능을, 얕보지 마……"

이번에는 쥐어짜내는 듯한 목소리로, 내 뺨을 때렸다.

……뺨을, 때렸다. 때리면서, 였다. 가능성은 느꼈다. 손바닥은 이미 출발했으니까요. 바로 코앞까지 온 것 같네요.

옵니다 옵니다, 두더지가 물장구를 치는 것처럼 느리게, 야야의 손이 내 뺨을 향해 흐늘흐늘 움직이고 있다. 역시 운동치구나. 수라장에서도 이 모양이냐고……

마음속으로 5초 정도를 헤아린 후에야 겨우 차싹, 하고 뺨에 충격을 느꼈다. 얻어맞는 쪽에게도 각오란 것이 필요하니 타이밍 좋게 때려줬으면 좋겠다.

"……좋아. 아자……"

큰일을 마친 것처럼, 야야는 헉헉 숨을 몰아쉬면서.

"야야는, 텐군이, 싫어."

마음에 희미한 상처를 입은 것처럼, 조그맣게 중얼거렸다.

텐군이 나보다도 재미있는 이야기를 쓰는 게 전제야.

야야는 그렇게 말했다.

"야야 혼자 재미있는 걸 쓸 수 있다고는, 생각해주지도 않는, 그런 사람하고, 그런 사람들하고 손을 잡을 만큼, 야야는 합리적인 사람이 못 돼."

어른의 방식을 용납하지 못하는 것은 나도, 시장도 아니었다.

화를 낼 수 있는 아이가, 분명히 여기 있는 것이다.

"······하지만, 그 녀석의 명예를 위해 말하는 것도 그렇지만── 그 녀석은 야야의 나이만을 봤던 건 아니라고 생각해."

초대 담당자는 2인분의 일을 1인분의 명의로 합쳐 물량 공세를 펴겠다고 했다. 야야의 작품 수준을 의문시하진 않았을 것이다.

"야야를 높이 평가해줬다고 해도. 야야의 미래를, 그 사람은 하나도 믿지 않아."

"······그 두 가지에 차이가 있어?"

"야야의 데뷔작이 팔리지 않았던 건, 편집자 탓이라고 했어. 야야한테는 아무런 책임도 없으니까, 비슷한 정도로 재미있는 걸 써 달라고."

초대 담당자는 나에게도 말했다.

토탈 패키지를 결정한 사람에게 매상의 책임이 있다고.

"야야는 그렇게는 생각하지 않아. 작품의 매상은 당연히, 작가가 제일 먼저 책임을 져야 해."

"그야 그럴지도 모르지만, 그놈은 대다수에게 전해지느냐 아니냐의 이야기를 한 거고……."

"설령 전해진 사람이 적다고 해도—— 읽어준 사람이 전부 재미있다고 말하게 만든다면, 2권에서는 독자가 한 명도 줄어들지 않아. 모두가 친구에게 권할 만한 이야기를 쓰면, 2권은 더 많이 팔려. 모두가 목소리를 높이지 않을 수 없게 만들면, 훨씬 훨씬 더 많이 계속 팔려."

"모든 독자에게 절찬을 받게 만든다니……."

그런 건 100퍼센트 불가능하다.

어떤 명작에도 비판은 있다. 세이카의 대 히트작을 토에가 쓰레기 찌꺼기라 폄하했듯이. 현실적으로는, 거의 극단론일 뿐이다.

"그래도 이상을 추구해야만 해. 누구를 위해 쓰인 이야기라 해도. 모든 사람이 재미있어하도록 써야 해. 지금은 못하더라도, 다음에는 해. 반드시 이뤄. 야야의 다음 이야기는 야야의 다음 이야기보다 분명히 재미있어."

야야는 입을 꾹 다물었다.

"팔리지 않았던 건 시베리 탓이 아니야. 야야는 자기가 쓴 이야기에 처음부터 끝까지 책임을 지는, 그런 작가로 있고 싶어."

훌륭하다. 순수하다. 막무가내다. 단어를 고르려다, 결국 말을 그만두었다.

무슨 말을 해도 소용이 없다. 매상의 책임이 패키지에 있는지 내용에 있는지. 그것은 신앙의 문제이며, 선악이 없는 종교전쟁과 동의어니까.

명확하게 우리의 잘못이 있다고 한다면——

"하지만 당신들은 야야의 다음 이야기가 재미있다는 걸, 믿지 않아. 야야의 이름으로, 야야랑 같은 걸 쓸 수 있다고 믿지. 야야가 언제까지고 같은 자리에만 머물 거라고 믿지."

"……너한테는 자신이 성장한다는 신념이 있구나."

"신념이 아니야."

야야는 거리낌 없이 말했다.

"이건, 야야의 자긍심이야."

자긍심이라. 좋은 말이다. 신념보다도 잘 어울린다. 무(無)에서 태어난 '지고 싶지 않다'는 이 마음이 분명 야야의 본질이며—— 내가 잘못 가늠했던 것이겠지.

몇 번이고 몇 번이고 이해시키려고 했을 것이다.

영원히 어린 채로 있는 아이는 없다.

어른이 눈을 깜빡이는 그 한순간 사이에, 그들 그녀들은 몰라볼 정도로 성장해나간다.

번데기가 아름다운 나비가 되듯. 중학생이 고등학생이 되 듯. 아마추어가 프로가 되듯. 편을 들어주든 말든, 혼자서.

"너는, 너희는, 끊임없이 커가는구나……."

견디지 못하고 하늘을 우러러보았다. 나는 로리콘이 아 니니까.

그 성장 속도가 기뻐서, 흐뭇해서, 쓸쓸해서—— 부럽다.

"……그리고 한 가지 오해가 있어."

기분 탓인지, 야야는 어딘가 무뚝뚝하게 덧붙였다.

"편집자는 다른 시점을 가지는 게 일이니까, 견해가 다 른 건 당연해. 손을 잡지 않는 이유 중 하나가 되기는 해 도, 그는 싫어할 수 없어."

"그'는'?"

"야야가 싫어하는 건, 텐군뿐이야."

"아, 오해란 게 그런……."

"텐군의, 그 관측자인 척하는 사고방식이. 자기 자신에 게도 거짓말을 하는 모습이. 야야는 정말 싫어. 프로듀스 계약은 오늘부로 끝내줘."

야야는 1밀리도 웃지 않는 얼굴로 나를 보고 있었다.

절연 선언이었다. 오해의 여지가 없을 정도로 깔끔했다.

"……알았어. 이제까지 미안했다."

강사를 하는 이상, 학생에게 미움을 사는 데에는 익숙하다.

무엇보다, 언젠가 찾아올 미래였다는 생각도 들었다. 세이카와 마찬가지다. 지나치게 일방적인 호의도, 편을 들어주는 것도, 언젠가는 반드시 파국을 맞는다.

"힘내라, 여러모로. 응원하는 건 사실이니까."

"싫어하는 사람에게 응원 받아도 기쁘지 않아."

조금 웃어 보이자, 야야는 전혀 웃지 않았다.

우리 사이를 분단하듯 부슬부슬 먼지가 떨어졌다.

귀를 기울여보니, 위층에서 꽉꽉 야옹야옹 소란스러운 소리가 들려왔다. 개와 고양이 결전의 우당탕탕 드잡이질일 것이다. 싸울수록 사이가 좋다는 말을 자주 하지만, 이 정도쯤 되면 싸울수록 당연히 사이가 나쁜 것이다. 하다못해 사이좋게 싸워라.

"……온 세상 사람들 마음을 모르지만."

나를 따라 하듯, 야야도 멀거니 천장을 바라보았다.

"저 두 사람의 마음은 특히 모르겠어."

"응?"

"텐군의 어디가 좋은지. 야야가 봤던 사람 중에서 제일 청개구리에 거짓말쟁이에 비겁하고 지독하고 지독해. 냉정하게 봐야 해. 이건 최악의 어른이야."

"제대로 미움을 샀구만……."

온천 살인사건에서 정말로 잃어버린 것은 텐데 타로라는 인간에 대한 환상이었다……라는 엔딩이 났구만. 나 원.

"반성해줘. 야야는 처음으로 사람을 싫어하게 됐어……."

턱을 든 자세로, 야야는 가슴 언저리를 꽉 움켜쥐었다.

마음의 아픔을 억누르듯, 그래도 넘쳐나려는 무언가를 손바닥으로 맛보듯.

"덕분에, 감정이 없는 야야도, 처음으로 감정을 배웠어. 이 마음을 야야는 절대 잊지 않아."

"……그건 다행이네."

비아냥거리는 것이 아니라 진심으로 맞장구를 치자 목을 퍽 친다. 폭력 그만.

"언젠가 독자를, 세이카를 후려갈길 이야기를 쓰기 위해, 필요한 게 있었어."

퍽, 퍽. 잇달아 어깨를 얻어맞아 현관 밖으로 밀려났다. 눈 깜짝할 사이에 온몸이 비에 젖었다. 차가운 이별의 비다.

"비논리적인 육체적 접촉. 부끄러운 일을 부끄러운 줄도 모르고. 싫어하는 텐군 상대라면 그런 걸 할 수 있을지도 몰라."

야야의 머리카락도 젖었다. 가발에 덮이지 않은, 원래의 보브컷이다. 어디에나 있는, 신비성을 잃어버린 아이의 헤어스타일. 그것이 조금 거리를 가까이 했다.

"싫어. 싫어. 진짜 싫어."

발꿈치가 들리고, 거리가 더욱 가까워졌다. 조그만 호흡이 피부를 간질였다.

"……세상 누구보다도, 진짜 싫어."

그렇게 해서, 손바닥 자국이 남은 내 뺨에.
부드러운 감촉이, 와 닿았다.

해설

자던 아이를 깨우고 말았습니다.
늘 그 일을 후회하고 있습니다.

안녕하세요, 아키라입니다.

옛~날에 MF 문고 J 편집장 특별상을 받아 데뷔해, 책도 15권쯤 출판했고, 그 인연으로 같은 레이블의 신인상에서 심사위원도 맡았습니다.

사가라 소우 선생님이 『변태 왕자와 웃지 않는 고양이.』 로 최우수상을 획득하셨던 제6회 MF 문고 J 라이트노벨 신인상 심사에서도 심사위원의 말석에 앉아 있었죠.

정확하게 말하자면, "문장은 재미있지만 한 권의 책으로서 완성도는……" "다음 작품쯤에서 각성할 타입일 거다" "기존의 포맷에 맞지 않아 세일즈 포인트를 잡을 수 없다" "애초에 이 제목 뭐야? 장난해?"라고 분규하며 어딘가 모르게 바보 취급하는 듯한 분위기였던 심사에서, "이 사람 진짜 천재라고요!" 하고 열렬하게 『변태왕자』를 밀어 최우수상으로 끌어올린 것이 저였으니 사가라 소우 선생님은 평생── 은혜를 잊지 말아 주세요.

인세를 절반쯤 아키라에게 주셔도 괜찮아요.

아무튼.

심사에서 제목을 바꾸라고 바꾸라고 몇 번이나 (주로 아키라가) 말했던 것치고는 그냥 그대로 『변태왕자와 웃지 않는 고양이』로 강렬한 데뷔를 장식했던 사가라 선생님의 그 후 활약에 대해서는 이제 와서 제가 뭐라고 말할 필요도 없겠죠.

까놓고 말해 잘 모르고요……. 죄송합니다, 안테나가 짧아서…….

출판 전에 심사에서 우려했던 점, 불안했던 점을 모조리 적확하게 화려하게 클리어하고(제목조차도 『엄청나다 센스 끝내준다』고 받아들여졌고!), 출판된 책은 모두 박수갈채로 환영을 받았던 선생님의 활약상은 멀리서 봐도 너무 눈이 부셔서, 열이 받아서(작가는 기본적으로 잘 나가는 업계인을 미워합니다).

그래도. 머나먼 외국이나 다를 바 없는 앱 업계에서 주로 일하는 제 귀에도 선생님의 활약상이 들려올 정도니, 선생님에게는 예술과 승리의 여신이 계속해서 미소를 지어준 것이겠죠. 모두가 꿈꾸는 신데렐라 스토리를 계속해서 몸소 체현해왔던 것이겠죠.

물론 괴로운 일, 힘든 일도 많이 있었을 겁니다.

그것은 이 작품, 『제자에게 협박당하는 건 범죄인가요?』

를 읽어보면(하지만 여전히 제목이 좋은 의미에서도 나쁜 의미에서도 너무하네! 천재 같으니⋯⋯!), 여봐란듯이 행간에서 희비가 스며 나오고 있어서, 언제까지고 제목이라는 겉모습에만 집착 하는 저처럼 독해력 부족한 사람도 추측할 수 있습니다. 선생님 힘들었구나⋯⋯. 불쌍해⋯⋯. 살아가는 게 힘들어 지면 언제든 앱 업계로 도망치셔도 돼요⋯⋯. 여기 물은 달콤하답니다⋯⋯. 그때는 지참금도 잊지 마시고⋯⋯.

　──와 같이 신용할 수 없는 악귀 같은 것들만이 들끓는 업계를, 선생님은 로리──가 아니라 신념이라는 한 자루 의 검을 들고 상처 입으면서도 싸워왔던 것이겠죠.

　선생님은 희대의 영웅입니다. 천재입니다. 지금도 확신 을 담아 단언할 수 있습니다.

　분명 같은 길을 걷고 있었는데, 먼 옛날에 추월당하고 길을 잃어버린 채 어째서인지 지금은 먼 외국에서 살고 있 는 저에게는, 그런 선생님의 출생에 함께 할 수 있었던 것 이 평생의 자랑입니다. 이 아이를 세상에 내보내서 정말 다행이야, 이 아이는 구세주야⋯⋯ 이름은 이상하지만(집 요함).

📖 ■

　여담이지만.

　아키라가 아직 라이트노벨 나라에서 살던 시절, 사가라

선생님과 다른 작가 몇 명과 함께 해외여행을 간 적이 있습니다. 선생님과 저는 같은 방에서, 한 지붕 아래에서 밤을 보냈죠.

뭐, 아무 일도 없었지만요(무슨 일 있어도 난감하지만), 이른 아침, 먼저 눈을 뜬 제가 혼자 아침을 먹으러 가는 것도 심심해서 선생님을 깨우려고 했을 때의 대화를 잊을 수 없습니다.

아키라: "사가라 씨, 아침이에요. 밥 먹으러 가요."

사가라 선생님: "……. ……. ……. ……아아? 시끄러워 죽는다."

발언 내용에는 약간 과장이 있지만 대충 그런 대화였습니다.

어라라? 저, 동갑이지만 작가로서는 선배인데요? 사가라 선생님이 데뷔했을 때 심사위원이었는데요? 당신을 열렬히 밀어주고, 어, 뭐야…… 죽인다고 했어?

사가라 선생님, 잠 깰 때 엄청 기분 안 좋아서 완전 무서워……! 미안해요, 아직 졸리구나. 내가 잘못했네요. 아침은 혼자 먹으러 갈게요……?

그 후 저는 선생님을 『선생님』이라고 부르게 되었습니다. 다들 이해하시겠죠.

자던 아이를 깨우고 말았습니다. 늘 그 일을 후회하고 있습니다.

하지만.

사가라 소우라는 재능을, 아키라에게 주었던 트라우마 따위 무마해버리고도 남을 만큼, 아니, 세상을 다 뒤덮을 정도의 꿈과 희망과 감동을 뿌리고 다니는 작가를 발견하고, 응원하고, 조금이라도 등을 밀어 이 세상에 내보냈다는 사실은——.

예전까지는 자신만의 것인 줄 알았던 머리 안의 내용물을, 각성과 함께 문자로 바꾸어, 온 세상 사람들에게 전하는 작가로 만드는 데 일조했다는 사실은—— 결코 후회하지 않습니다.

사가라 선생님.

커다란 종이박스에서 나온 선생님의 응모 원고, 그 문장을 처음 본 순간부터, 아키라는 계속 당신의 광팬이었습니다.

아키라

OSHIEGO NI KYOUHAKU SARERU NOWA HANZAI DESUKA? 5JIKANME
©Sou Sagara 2019
First published in Japan in 2019 by KADOKAWA CORPORATION, Tokyo.
Korean translation rights arranged with KADOKAWA CORPORATION, Tokyo.

제자에게 협박당하는 것은 범죄인가요? 제5교시

2022년 7월 14일 1판 1쇄 발행

저　　　자	사가라 소우
일 러 스 트	모모코
옮 긴 이	김민재
발 행 인	유재옥
본 부 장	조병권
담당편집	정영길
편 집 1 팀	정영길 조찬희 박치우 정지원
편 집 2 팀	김준균 김혜연 박소연
편 집 3 팀	오준영 곽혜민 이해빈
미　　　술	김보라 박민솔
라이츠담당	한주원 이승희
디 지 털	박상섭 최서윤 김지연
발 행 처	㈜소미미디어
인쇄제작처	코리아피앤피
등　　　록	제2015-000008호
주　　　소	서울 마포구 토정로 222, 403호 (신수동, 한국출판콘텐츠센터)
판　　　매	㈜소미미디어
마 케 팅	한민지 박종욱
경영지원	최정연
전　　　화	편집부 (070)4164-3962, 3963　기획실 (02)567-3388
	판매 및 마케팅 (070)4165-6888　Fax (02)322-7665

ISBN 979-11-384-1149-3 04830
ISBN 979-11-6389-578-7 (세트)